किशोर व किशोरियों की बातें

किशोर व किशोरियों की बातें

डॉ. पूनम दीक्षित
डॉ. नीलम
डॉ. कल्पना सिंह

चिल्ड्रन बुक टेंपल
दिल्ली

प्रकाशक : चिल्ड्रन बुक टेंपल, सी–55, गणेश नगर, पांडव नगर, दिल्ली–110092
सर्वाधिकार : सुरक्षित / संस्करण : 2025 / मूल्य : दो सौ पचास रुपए
मुद्रक : प्रिंट मीडिया, नई दिल्ली ISBN 978-81-89573-78-2

KISHORE VA KISHORIYON KI BAATEN
by Dr. Poonam Dixit • Dr. Neelam • Dr. Kalpana Singh ₹ 250.00
Published by **CHILDREN BOOK TEMPLE**
C-55, Ganesh Nagar, Pandav Nagar, Delhi-110092

यह पुस्तक
उस युवा शक्ति को समर्पित है
जिसपर हमारे देश का
भविष्य निर्भर
है।

अनुक्रम

अध्याय-1

किशोरों द्वारा सामान्यतः पूछे जाने वाले प्रश्न

1. किशोरावस्था क्या है ?

यह बालपन और वयस्क होने के बीच का समय है—इसे वय:संधि भी कहते हैं। इस दौरान कई शारीरिक, मनोवैज्ञानिक एवं भावनात्मक परिवर्तन होते हैं।

2. किशोर मनोवेग क्या है ?

मनोरोग विशेषज्ञ किशोरावस्था के सामान्य मनोवैज्ञानिक परिवर्तन एवं असामान्य परिवर्तन दोनों के लिए इस शब्द का प्रयोग करते हैं।

एक अध्ययन के अनुसार 80 प्रतिशत किशोर किसी मनोवेग या मानसिक उथल-पुथल का अनुभव नहीं करते हैं।

3. यौवनारंभ क्या है ?

यह एक लैटिन शब्द Pubertus से बना है। यह यौवनारंभ (Puberty) किशोरावस्था के दौरान वह अवधि है, जब यौन लक्षणों का विकास होता है।

4. प्रारंभिक एवं द्वितीय चरण के यौन लक्षणों में क्या अंतर है ?

प्रारंभिक यौन लक्षण यौन अंगों के विकास से संबंधित है—

पुरुषों में—अंडकोष एवं शिश्न

स्त्रियों में—अंडाशय, गर्भाशय एवं योनि का विकास

द्वितीय चरण के यौन लक्षण—

बालकों में—आवाज का भारीपन, दाढ़ी-मूँछ का उगना, गुप्तांगों एवं काँख में बाल का होना।

बालिकाओं में—वक्ष का विकास, गुप्तांगों एवं काँख में बालों का उगना।

5. विकास के चरण क्या हैं ?

बालकों में सबसे पहले गुप्तांगों में बाल का उगना, फिर शिश्न के आकार में वृद्धि, काँख में बालों का उगना, आवाज में भारीपन और सबसे अंत में दाढ़ी और मूँछ का उगना।

बालिकाओं में—वक्ष का विकास, गुप्तांगों एवं काँख में बाल का उगना, लंबाई में वृद्धि, आवाज में परिवर्तन।

6. लंबाई के अचानक बढ़ने की उम्र क्या है ?

लड़कियों में यह पहले होता है। 8 से 11 साल के बीच लंबाई में अचानक वृद्धि होती है और उसके बाद 18 साल तक लंबाई बढ़ती है। लड़कों में 10-14 साल के बीच लंबाई में अचानक वृद्धि शुरू होती है और 21 साल तक लंबाई बढ़ सकती है।

7. समय से पहले यौन विकास क्या है ?

बालिकाओं में 8 साल से पहले एवं कुछ बालकों में 10 साल से पहले अगर यौन विकास हो तो इसे असामान्य माना जाता है।

8. विलंबित यौन परिपक्वता क्या है ?

अगर बालकों में 14 साल तक अंडकोष के आकार में वृद्धि न हुई हो या लंबाई 15 साल तक न बढ़ी हो तो इसे परिपक्वता में देर समझना चाहिए।

9. किशोरावस्था को समस्या उम्र क्यों कहा जाता है ?

इस उम्र में समस्याएँ हैं क्योंकि—

(1) बचपन की सारी समस्याओं का निदान माँ-बाप या शिक्षक करते हैं। इसके फलस्वरूप किशोर अचानक अपनी समस्याओं को सुलझाने में अपने को अक्षम पाते हैं।

(2) कभी अभिभावक उनसे एक वयस्क की तरह आचरण की आशा करते हैं और दूसरी ओर उन्हें कई बार अपरिपक्व समझकर कोई जिम्मेवारी नहीं दी जाती।

(3) शारीरिक, मानसिक एवं सामाजिक परिपक्वता की प्रक्रिया किशोरों में स्वतंत्रता की प्रवृत्ति को जन्म देती है। वे अपनी समस्याओं को स्वयं हल करना चाहते हैं।

(4) बचपन से उन्हें सबकुछ तैयार मिलता है, कोई भी असफलता उन्हें आसानी से कुंठित कर देती है।

(5) अपनी पहचान बनाने के प्रयास में वे अपने समवयस्कों की संगति से प्रभावित होते है।

(6) किशोर उत्सुकतावश नए प्रयोग करना चाहते हैं—ड्रग्स, यौन संबंध इत्यादि।

10. किशोरावस्था से दुविधा उत्पन्न होती हैं—

(1) भविष्य एवं लक्ष्य

(2) जीविका का चुनाव

(3) दोस्तों का चयन

(4) धार्मिक

(5) नैतिक

ये दुविधाएँ पहचान संबंधी समस्याओं को जन्म देती हैं।

इन दुविधाओं का सामयिक एवं सही निदान नहीं होने से विकास सामान्य नहीं हो पाता। गेम्स का चुनाव बच्चों के स्वाभाविक झुकाव के अनुसार होना चाहिए। इसके लिए विशेष उपयुक्तता जाँच सहायक हो सकती है। जाँच नौवीं या दसवीं कक्षा में करना चाहिए।

11. किशोर अपनी समस्याओं का हल किनके साथ बातचीत कर निकालना चाहते हैं ?

(1) 75 प्रतिशत से ज्यादा किशोर अपने दोस्तों के साथ,

(2) 60 प्रतिशत से ज्यादा अपने माँ-पिता के साथ,

(3) 10 प्रतिशत से कम किशोर अपने शिक्षक के साथ,

12. किशोरावस्था में मानसिक समस्याओं का होना कितना स्वाभाविक है ?

विभिन्न अध्ययनों के आधार पर कहा जा सकता है कि 15 प्रतिशत से 20 प्रतिशत किशोर मानसिक समस्याओं से ग्रसित होते हैं।

13. किशोरावस्था में पाई जानेवाली भावनात्मक दिक्कतें क्या हैं ?

भावनात्मक समस्याएँ—

(1) सामान्यत: पाई जानेवाली समस्याएँ—सामंजस्य न होने के कारण चिंता एवं अवसाद (anxiety and depression)

(2) हिस्टीरिया, फोबिया आदि

(3) Obsessive Compulsive disorder, पागलपना कभी–कभार

14. युवाओं में यौन संबंधी चिंताएँ आम क्यों हैं ?

शारीरिक परिपक्वता मानसिक परिपक्वता के पहले होती है। किशोर अपने यौन संबंधी इच्छाओं, भावनाओं, विचारों एवं हरकतों को लेकर चिंतित या परेशान हो जाते हैं। हस्तमैथुन को लेकर भी परेशानी हो सकती है।

लड़कियाँ रजोधर्म के शुरू होने के बाद सही जानकारी के अभाव से चिंतित और परेशान हो जाती हैं।

15. समलैंगिकता क्या है ?

समान लिंग के प्रति यौन आकर्षण को समलैंगिकता कहते हैं। कुछ समय के लिए समलैंगिक संबंध का होना इस अवस्था में आम बात है—इसे समलैंगिक संबंधों का नाम नहीं देना चाहिए।

16. किशोरावस्था में डिप्रेशन के सामान्य लक्षण क्या हैं ?

(1) पढ़ाई–लिखाई में कम रुचि लेना,

(2) नशे का सेवन,

(3) असामाजिक व्यवहार,

(4) यौन असयंम

(5) आवारागर्दी

(6) घर से भागने की प्रवृत्ति और

(7) आत्महत्या का प्रयास।

17. क्या किशोर आत्महत्या का प्रयास करते हैं ?

भावनात्मक समस्याओं से घिरे हुए किशोर ऐसा कर सकते हैं। किशोरावस्था में मृत्यु के कारणों में आत्महत्या का दूसरा स्थान है।

18 आत्महत्या के सामान्यतः क्या कारण हैं ?

युवाओं में आत्महत्या के मुख्य कारण हैं—

(1) कुंठित होकर किशोर ऐसा कर सकते हैं।

(2) शैक्षणिक असफलता।

(3) अपरिपक्वता के कारण प्रेम संबंधों में उत्पन्न असफलता।

(4) दोस्तों एवं अभिभावकों के साथ तनाव।

19. किशोरावस्था में बालिकाओं के बीच अवसाद (डिप्रेशन) ज्यादा क्यों होता है ?

ऐसा आनुवांशिक, हार्मोनल एवं वातावरण के प्रभाव के कारण होता है। लड़कियाँ लड़कों की अपेक्षा दूसरों के तनावपूर्ण अनुभवों के प्रति ज्यादा संवेदनशील होती हैं।

20. आचरण संबंधी विकार/रोग क्या हैं ?

यह बच्चों एवं किशोरों में होता है। 9 प्रतिशत लड़के एवं 2 प्रतिशत लड़कियाँ इससे ग्रसित होती हैं। इसके लक्षण हैं—

(1) दूसरे लोगों के प्रति आक्रामक व्यवहार।

(2) जानवरों के प्रति क्रूरता।

(3) चोरी।

(4) घर से भागना।

(5) आवारागर्दी (Truancy)

(6) बार-बार झूठ बोलना एवं चोरी करना।

कई किशोर आसानी से पैसा कमाने के लालच में हत्या, स्मगलिंग जैसे असामाजिक आदतों की चपेट में आ जाते हैं।

21. खाने की आदतों से संबंधित बीमारियाँ क्या हैं?

Anorexia Nervosa इस उम्र के 200 किशोरियों में 1 को होता है। यह अधिकतर लड़कियों में पाया जाता है। ऐसा होने पर लड़कियाँ अपने शरीर के आकार और वजन के बारे में जरूरत से ज्यादा सोचने लगती हैं और पर्याप्त खाना नहीं खाती हैं। यह एक गंभीर स्थिति है और 5 प्रतिशत मरीज मृत्यु के भी शिकार हो जाते हैं। बहुत दुबली-पतली अभिनेत्रियों एवं मॉडल को देखकर किशोरियों में भी वैसी ही दिखने की प्रबल इच्छा इस असामान्य स्थिति को जन्म देती है। पाश्चात्य देशों में यह ज्यादा पाया जाता है।

22. यौन शिक्षा क्या है?

यह एक शैक्षिणिक कार्यक्रम है, जिसका उद्देश्य व्यक्ति को व्यक्तिगत जीवन तथा उसके पारिवारिक तथा सामाजिक संबंधों दोनों ही में यौनधर्मिता को संपूर्ण व्यक्तित्व में समाहित कर अपनी आकांक्षाओं की पूर्ति करने को प्रोत्साहित करता है।

अकसर यौन संबंधी सूचनाएँ जो मित्र, नौकर या संबंधी से मिलती है वह गलत हो सकती हैं। उत्तरदायी यौन व्यवहार के विकास के लिए कम उम्र में ही यौन शिक्षा आवश्यक है।

23. किशोरावस्था में उत्पन्न संकट को कैसे कम किया जा सकता है?

माता-पिता एवं शिक्षक के साथ खुली बातचीत एवं सही यौन शिक्षा अति आवश्यक है। सातवीं कक्षा के बाद यौन शिक्षा दी जा सकती है। इस दिशा में शिक्षकों का प्रशिक्षण भी आवश्यक है। ऐसे प्रशिक्षित शिक्षक विद्यार्थियों का सही मार्गदर्शन कर सकेंगे।

1.1 सही खानपान : पोषण

किशोरावस्था में पोषण—तथ्य एवं भ्रांतियाँ

(1) एक-दो बार का खाना छोड़ देने से वजन घट सकता है।

(a) सही (b) गलत

गलत। खाना नहीं खाने पर ज्यादा भूख होने के कारण आदमी ज्यादा खा लेता है। भूखे रहने पर मेटाबॉलिज्म धीमी हो जाती है और शरीर में ज्यादा चर्बी जमा होती है।

(2) दो भोजन के बीच के अंतराल में कुछ खाना अच्छा है।

(a) सही (b) गलत

सही। दो भोजन के बीच के समय में स्वास्थ्यप्रद नाश्ता लेना फायदेमंद है। ऐसा करने से भूख शांत रहती है और जरूरत से ज्यादा खाने की प्रवृत्ति नियंत्रित रहती है। नियंत्रित अंतराल पर थोड़ा सा खाने से मेटाबॉलिज्म रेट सही रहता है और वजन भी।

(3) सुबह का नाश्ता नहीं लेना सही है।

(a) सही (b) गलत

गलत। सुबह का नाश्ता लेना सबसे स्वास्थ्यप्रद आदत है। यह सारे दिन के काम के लिए शरीर और दिमाग को ऊर्जा देता है। सुबह का नाश्ता सबसे महत्त्वपूर्ण आहार है।

(4) उपवास शरीर को स्वच्छ करने का एक सही उपाय है।

(a) सही (b) गलत

गलत। किसी भी वैज्ञानिक अध्ययन से यह प्रमाणित नहीं हुआ है कि उपवास शरीर को स्वच्छ करता है। उपवास के प्रारंभिक चरण में शरीर से आवश्यक लवणों की हानि होती है। निराहार रहने अथवा कम

खाने से शरीर में ऊर्जा की कमी होने से मेटाबॉलिज्म रेट (BMR) घट जाता है। शरीर स्वतः कैलोरी खर्च करने की क्षमता को घटा लेता है। सामान्य आहार शुरू करने पर वजन बढ़ने की प्रवृत्ति बढ़ जाती है।

(5) वसा को आहार से पूर्णतः हटाया जा सकता है ?

(a) सही (b) गलत

गलत। पूर्णतः वसामुक्त आहार हमारे लिए सही नहीं है। रोज के आहार में थोड़ी सी वसा आवश्यक है। कुछ खास तरह की वसा हमारे शरीर के लिए अति आवश्यक है, क्योंकि हमारा शरीर इसे बना नहीं सकता है। आहार में वसा की आवश्यकता है, क्योंकि वसा में घुलनशील विटामिन ए, डी, ई एवं के जरूरी है। फैटी एसिड (Fatty Acid), जो मछली और कुछ शाकाहारी स्रोत से पाया जाता है, हमारे अच्छे स्वास्थ्य के लिए अति आवश्यक है। हमारे दिमाग को सही रूप से चलाने के लिए सही मात्रा में फैटी एसिड चाहिए। शरीर के आवश्यक हार्मोन की संरचना भी इन्हीं फैटी एसिड पर निर्भर है।

(6) खाने में अच्छे तेल (फॉर्चून, सोया या सफोला) की मात्रा किसी भी हद तक बढ़ाई जा सकती है ?

(a) सही (b) गलत

गलत। सभी तेलों में वसा की मात्रा बराबर है। 1 ग्राम वसा में 9 कैलोरी होती है। इस तरह एक चम्मच तेल में 45 कैलोरी है।

(7) शरीर में चर्बी की मात्रा जितनी कम हो उतना अच्छा है ?

(a) सही (b) गलत

गलत। शरीर में चर्बी का ज्यादा होना ठीक नहीं है। लेकिन चर्बी का बहुत ज्यादा कम होना भी ठीक नहीं है। ऐसा होने से रोग प्रतिरक्षण

क्षमता घटती है। मासिक अनियमित हो सकती है एवं हार्मोन का असंतुलन हो सकता है।

आहार से वसा को पूर्णतः समाप्त करने की बजाय इसे कम करना चाहिए, खासकर एनिमल फैट को।

(8) लोकप्रिय भोजन (Crash Diet) से वजन तेजी से घटता है।

(a) सही (b) गलत

गलत। इस तरह के विशेष डाइट से वजन तो जरूर घटता है, लेकिन पानी के रूप में। अतः यह क्षणिक कमी है। ऐसे आहार से हम पोषण के बारे में कुछ नहीं सीखते हैं। वजन को नियंत्रित रखने के लिए आहार की सही आदतों को जीवनपर्यंत बनाए रखना पड़ता है और इसकी आधारशिला कम उम्र में ही पड़ती है।

(9) तेजी से वजन घटाना पूर्णतः सुरक्षित है।

(a) सही (b) गलत

गलत। तेजी से वजन घटाने से शरीर में आवश्यक पोषक तत्त्वों की कमी होती है। इससे कई हानियाँ हैं—थकान, कमजोरी, बालों का झड़ना एवं त्वचा का अस्वस्थ होना। बहुत ज्यादा वसा घटाने से रक्तचाप कम होता है। गॉलब्लैडर में पत्थर हो सकता है। अस्पताल में भरती कराने की भी जरूरत पड़ सकती है।

(10) अधिक मात्रा में प्रोटीन लेने से शरीर की मांसपेशियाँ ज्यादा बड़ी होती हैं ?

(a) सही (b) गलत

गलत। वजन उठानेवाले कसरत को नियमित करने से मांसपेशियाँ

विकसित होती हैं, ज्यादा प्रोटीन लेने से नहीं। मांसपेशियों को विकसित करने के लिए भी प्रोटीन की आवश्यकता बहुत ज्यादा नहीं होती है। सारे दिन के कैलोरी का 12–15 प्रतिशत प्रोटीन से आना चाहिए।

प्रोटीन की भी मात्रा अगर ज्यादा होती है तो वसा में परिवर्तित होकर शरीर में जमा होता है।

(11) पानी प्यास लगने पर ही पीना चाहिए ?

(a) सही (b) गलत

गलत। हर व्यक्ति को आठ से दस गिलास पानी रोज पीना चाहिए। कोल्डड्रिंक की जगह ठंडा पानी पीना ज्यादा सेहतमंद है। पानी की मात्रा थोड़ी भी कम हो जाए तो सर दर्द, थकान एवं एकाग्रता में कमी हो सकती है।

(12) कैल्शियम की आवश्यकता मीनोपॉज के बाद स्त्रियों को ही होती है ?

(a) सही (b) गलत

गलत। कैल्शियम की आवश्यकता किशोरावस्था एवं गर्भावस्था में भी होती है। हड्डियों के निर्माण एवं मजबूती के लिए कैल्शियम आवश्यक है। शरीर का 99 प्रतिशत कैल्शियम हड्डी एवं दाँत में जमा होता है। कैल्शियम का यह स्टोर 25 वर्ष की उम्र तक होता है। अत: किशोरावस्था में पर्याप्त कैल्शियम लेने से बाद में Osteoporosis का खतरा कम हो जाता है।

(13) मैं शाकाहारी हूँ इसीलिए मेरे खाने में लौहतत्त्व पर्याप्त नहीं ही होगा।

(a) सही (b) गलत

गलत। यह सही है कि मांसाहारी लोगों के खाने में ज्यादा लौहतत्त्व होता है लेकिन शाकाहारी भोजन में हरी सब्जियाँ, अनाज, दाल एवं मेवा (किशमिश, अंजीर, खजूर, छुहारा इत्यादि) में लौहतत्त्व पाया जाता है।

(14) धूम्रपान से भूख नियंत्रित होती है।

(a) सही (b) गलत

सही। धूम्रपान के दुष्प्रभाव वजन बढ़ने से कहीं ज्यादा हानिकारक हैं। धूम्रपान करनेवालों का वजन थोड़ा कम होता है एवं धूम्रपान बंद करने के बाद थोड़ा वजन बढ़ता है। आहार को नियंत्रित कर वजन घटाया जा सकता है, लेकिन धूम्रपान के दुष्प्रभाव स्थायी होते हैं।

(15) मुझे अकसर बाहर खाना पड़ता है। डायरिया न हो इसके लिए मुझे क्या सावधानी बरतनी चाहिए।

हमेशा गरम खाना खाएँ। फल का रस खुला न लें। डब्बे में बंद रस ज्यादा सुरक्षित है। साफ-सुथरी जगह से खाद्य सामग्री लें। सलाद, चटनी, दही जो बासी हो सकता है, उसे न खाएँ।

1.2 एनीमिया (रक्तक्षीणता) एवं Osteoporosis

1. आस्टिथोपोरासिस क्या है ?

इस बीमारी में हड्डी कमजोर हो जाती है और आसानी से टूट जाती है। हलका जोर पड़ने पर हड्डी टूट जा सकती है जैसे कि तेजी से झुकने से, भारी सामान उठाने से अथवा गिर जाने से। सामान्यत: रीढ़, कमर एवं कलाई की हड्डियों में फ्रैक्चर होता है।

2. इसकी जानकारी किशोरावस्था में ही क्यों आवश्यक है ?

Osteoporosis का बचाव संभव है। यह बीमारी पचास से ज्यादा

के उम्र में होती है, लेकिन इसकी शुरुआत जीवन के प्रथम चरण में हो जाती है। शरीर में हड्डियों का विकास 18 वर्ष तक पूरा हो जाता है। इसीलिए बचाव के उपाय किशोरावस्था में ही किए जाने चाहिए।

3. इसके क्या रिस्क फैक्टर हैं ?

(1) पोषण—खाने में कैल्शियम की कमी।

(2) धूम्रपान, शराब की लत।

(3) ज्यादा समय बैठे रहना, नियमित व्यायाम न करना।

(4) कुछ दवाइयों का सेवन।

(5) महिलाओं में चार गुणा ज्यादा संभावना।

(6) बढ़ती उम्र।

(7) कम वजन होना।

(8) 50 वर्ष के बाद हड्डी का टूटना।

4. बीमारी से कैसे बचा जा सकता है ?

(1) शिक्षा—जागरूकता बचाव की पहली महत्त्वपूर्ण सीढ़ी है। जनसाधारण को इस बीमारी से बचाव के बारे में जानकारी देनी चाहिए।

(2) व्यायाम—हड्डी के विकास में व्यायाम का महत्त्वपूर्ण योगदान है। टहलना, दौड़ना, सीढ़ियों पर चढ़ना, बैडमिंटन जैसे खेल हड्डियों को मजबूत बनाते हैं।

(3) कैल्शियम—हड्डियों की बनावट में कैल्शियम बेहद आवश्यक है। आहार में कैल्शियम की कमी से हड्डी की संरचना सही ढंग से नहीं हो पाती है।

खाने में कैल्शियम एवं विटामिन डी की सही मात्रा Osteoporosis से बचाव के लिए सबसे जरूरी है।

5. किन खाद्य पदार्थों में कैल्शियम पर्याप्त मात्रा में पाया जाता है?

(1) दूध, दही, छाछ एवं पनीर

(2) सोयाबीन, साबुत अनाज

(3) सब्जी एवं फल—पत्ता गोभी, संतरा, फ्रेंच बीन

(4) अरिस्टर, झींगा मछली

एनीमिया

2. एनीमिया एवं रक्ताल्पता के क्या कारण हैं?

(1) लौह तत्त्व की कमी—छोटे बच्चों में इस प्रकार का एनीमिया भोजन में लौहमात्रा की कमी के कारण होता है। महिलाओं में यह ज्यादा आम है, क्योंकि मासिक रक्तस्राव में हर महीने रक्त की कमी होती है। इस तरह का एनीमिया नियमित रक्तस्राव के कारण भी हो सकता है। दर्दनिवारक दवाओं के नियमित प्रयोग से भी थोड़ी मात्रा में आँत से रक्तस्राव हो सकता है।

(2) गंभीर बीमारियाँ—किडनी की बीमारी में एनीमिया का खतरा बढ़ जाता है। किडनी के रोगग्रस्त होने पर खून बनानेवाले हार्मोन नहीं बनते हैं एवं लौहतत्त्व Dialysis में नष्ट होता रहता है।

(3) आनुवंशिक—कुछ आनुवंशिक बीमारियों जैसे—Sickle Cell Disease एवं थैलेसीमिया में हीमोग्लोबिन बनानेवाले genes में कमी होती है। यह बीमारी माता-पिता से बच्चों में होती है।

(4) अचानक रक्तस्राव से (आंतरिक या बाह्य) खून की तुरंत कमी हो जाती है।

3. रक्ताल्पता के क्या लक्षण हैं?

मुख्य लक्षण—

—थकान।

—कमजोरी।

—हाँफना।

—एकाग्रता की कमी।

—चक्कर आना।

4. इसकी पहचान कैसे होती है?

चमड़े के रंग में कमी—खासतौर पर हथेली, पलक के अंदरूनी हिस्से, होंठ एवं नाखून। हृदय की गति तेज होना।

5. स्राव, अल्पता से कैसे बचा जासकता है?

सही पोषण—

शाकाहारी—हरी साग सब्जी (पालक)।

दाल एवं राजमा, छुहारा, गुड़।

मांसाहारी—मीट, मछली, मुरगा।

भोजन के साथ अत्यधिक चाय या कॉफी लौहतत्त्व के शोषण को कम करती है।

6. आयरन की गोली कब लेनी चाहिए?

खाने के बाद लेनी चाहिए, इससे एसिडिटी की समस्या कम होती है।

7. क्या आयरन की गोली हर रोज लेनी चाहिए?

एनीमिया से बचाव के लिए किशोर व बच्चियाँ हर महीने में सात दिन भी ले सकती हैं।

□

अध्याय-2

यौन रोग एवं एच.आई.वी. की रोकथाम

1. गुप्त रोग/वेनेरियल रोग का क्या तात्पर्य है ?

उत्तर—वेनेरियल शब्द की उत्पत्ति ग्रीक की प्रेम की देवी 'विनस' से हुई है।

इसलिए जो बीमारियाँ शारीरिक संबंध से फैलती हैं उन्हें वेनेरियल रोग/गुप्त रोग कहते हैं।

2. यौन रोग क्या है ?

उत्तर—जिन रोगों का कारण यौन संबंध है उन्हें यौन रोग कहते हैं। यह गुप्त रोग का दूसरा नाम है। आज से सैकड़ों वर्ष पहले भी इन रोगों का जिक्र है। यौन रोग बहुत तरह के होते हैं जो वायरस, जीवाणु, फंगस तथा परजीवी के कारण होते हैं।

इस रोग के लक्षण और तकलीफ ज्यादातर जननांगों पर देखी जाती है। कुछ यौन रोगों के नाम हैं—सिफिलिस, गोनोरिया, शैंकराँएड, लिंफोग्रैनुलोमा वेनेरियम, ग्रेनुलोमा इन्गाइनेल, क्लेमाइडिया, कैनडिडियासिस, हर्पिस जेनाइटैलिस, मोलस्कम कौंटाजियोसम, एच.आई. वी. तथा हेपाटाइटिस बी।

3. आर.टी.आई. क्या है?

उत्तर—योनि मार्ग के कई संक्रमण शारीरिक संबंध के बगैर भी होते हैं जैसे कि जननांग का क्षय रोग। इन्हें आर.टी.आई. कहते हैं।

4. पी.आई.डी. क्या है?

उत्तर—पी.आई.डी. एक चिकित्सीय शब्द है, जो महिला के ऊपरी जननांगों के संक्रमण के कारण होता है। यह ज्यादातर मिश्रित संक्रमण होता है और इसका प्रभाव बिना लक्षण प्रकट किए काफी गहरा होता है।

5. क्या ज्यादा सहवास करने से यौन रोग होता है?

उत्तर—नहीं। ये बीमारियाँ यौन रोग से ग्रसित व्यक्ति के साथ रहने से होती हैं। इसका सहवास की आवृति से कोई संबंध नहीं है।

6. क्या एक से ज्यादा लोगों से शारीरिक संबंध कोई समस्या उत्पन्न करता है?

उत्तर—यदि एक से ज्यादा लोगों से असुरक्षित यौन संबंध हो तो यौन रोग या एच.आई.वी. होने का खतरा बढ़ जाता है।

7. क्यों मुझे सहायता की जरूरत है? किस तरह से मैं जान सकती हूँ कि मैं यौन रोग से ग्रसित हूँ?

उत्तर—पेल्विक इन्फ्लमेट्री डिसिज एक मूक रोग है तथा ज्यादातर मरीज को कोई लक्षण नहीं होता है। इस रोग के कई दूरगामी परिणाम हो सकते हैं। 10 लाख से ज्यादा महिलाएँ प्रतिवर्ष इस रोग से ग्रसित होती हैं। इस रोग के निम्नलिखित लक्षण होते हैं—

—पेडु में दर्द तथा सिहरन

—कमर दर्द

—सहवास के समय दर्द

—असामान्य वेजाइनल या सरवाइकल स्राव

—बुखार 38 डिग्री सेल्सियस से ज्यादा

8. पी.आई.डी. के दूरगामी परिमाण या जटिलताएँ क्या होती हैं?

उत्तर—एक्टॉपिक प्रेगनेंसी, जो जानलेवा हो सकती है, पी.आई.डी. से ग्रसित महिलाओं में छह गुणा ज्यादा पाई जाती है।

ट्यूब (डिंबवाहिनी) की क्षति तथा उसमें गाँठ पड़ने से बाँझपन हो सकता है। जिन्हें एक बार पी.आई.डी. हुआ है उन्हें 8 प्रतिशत तथा जिन्हें तीन या ज्यादा बार पी.आई.डी. हुआ है उन्हें 40 प्रतिशत बाँझ होने की संभावना होती है।

कमरदर्द लगभग 18 प्रतिशत पी.आई.डी. से ग्रसित महिलाओं में देखा जाता है।

9. क्या शराब/मांसाहार या प्याज के सेवन से पी.आई.डी. होता है?

उत्तर—यौन रोग एक तरह का संक्रमण होता है, जो एक संक्रमित व्यक्ति से दूसरे व्यक्ति को फैलता है। प्याज, शराब या मांसाहार से यौन रोग नहीं होता है। लेकिन शराब का सेवन करने से वर्जनाएँ कम हो जाती हैं, जिसके कारण अधिक मनमाने व्यवहार से एस.टी.डी. होने का खतरा बढ़ जाता है।

10. क्या सार्वजनिक शौचालय के इस्तेमाल से यौन रोग होता है?

उत्तर—नहीं। ज्यादातर जीवाणु संक्रमित व्यक्ति से शरीर के बाहर

जाने से अपने संक्रमण क्षमता को खो बैठते हैं। इसलिए सार्वजनिक शौचालय के इस्तेमाल से संक्रमण की संभावना भी कम हो जाती है। इसके अलावा संक्रमण होने के लिए छिला हुआ त्वचा का होना आवश्यक है।

11. श्वेत-स्राव क्या है? क्या इससे नामर्दी या कमजोरी हो सकती है?

उत्तर—ल्यूकोरिया या श्वेत स्राव के अनेक कारण होते हैं। लेकिन एक महत्त्वपूर्ण बात ध्यान देने योग्य है कि श्वेत स्राव सामान्य भी हो सकता है और यह हमेशा संक्रमण का लक्षण नहीं है।

योनि मार्ग से होनेवाले स्राव मासिक धर्म में परिवर्तित होते रहते हैं। मासिक धर्म से शुरू के आधे दिनों में यह स्राव पानीनुमा होता है तथा मासिक आने के पहले यह काफी गाढ़ा तथा चिपचिपा (mucoid) होता है। IUCD लगाने के बाद योनि मार्ग से आनेवाला स्राव बढ़ भी सकता है। लेकिन यदि यह स्राव खुजलाहट, बदबू या पेशाब करने में दर्द पैदा करता हो तो संक्रमण की जाँच करानी चाहिए। श्वेत स्राव दवाइयों से आसानी और पूरी तरह से ठीक हो जाता है।

12. गुप्त रोग के सामान्य लक्षण क्या हैं?

उत्तर—गुप्त रोग के सामान्य लक्षण निम्नलिखित हैं—

— जननांग के ऊपर जख्म।

— पेशाब करते समय जलन।

— जननांग पर माँसनुमा उभार (warty growth)।

— योनि-मार्ग से स्राव।

— पेडु में दर्द।

13. जननांग के ऊपर श्वेत दाग क्या गुप्त रोग का संकेत देता है ?

उत्तर—नहीं। हमेशा नहीं। ल्युकोडर्मा रोग में चमड़े का रंग कम होता है। यह यौन रोग का परिणाम या ठीक हुआ यौन रोग हो सकता है। यह फफुँदी के संक्रमण के कारण भी हो सकता है जैसे—टिनिया क्रुरिस। सामान्यत: चमड़े का रंग बदलना यौन रोग इंगित नहीं करता है। कभी-कभार बूढ़े लोगों में यह कैंसर का लक्षण हो सकता है। शंका की स्थिति में चिकित्सक का परामर्श लेना चाहिए।

14. गोनोरिया क्या है ?

उत्तर—गोनोरिया ज्ञात गुप्त रोगों में सबसे पुराना है तथा वह पूरे विश्व में व्याप्त है। निजेरिया गोनोकोकाई जीवाणु के संक्रमण से यह होता है। संक्रमण होने पर मवाद की तरह बदबूदार स्राव, पेशाब करने के समय दर्द तथा महिलाओं में प्राय: बारथोलिन ग्रंथि में भी संक्रमण हो सकता है। 1-14 दिन बाद इस रोग के लक्षण प्रकट होते हैं। कभी-कभी मुख-मैथुन के बाद टांसिल में दर्द इस रोग से होता है। लगभग 80 प्रतिशत संक्रमित महिला लक्षणरहित रोगवाहक होती है, जबकि सभी संक्रमित पुरुषों में रोग के लक्षण होते हैं। यह रोग पी.आई.डी. और बाँझपन का सबसे महत्त्वपूर्ण कारण है। पेनिसिलिन इस संक्रमण के इलाज की महत्त्वपूर्ण दवा है।

15. सिफलिस क्या है ?

उत्तर—यह एक गुप्तरोग है, जो ट्रिपोनिमा पैलिडम नामक जीवाणु से होता है। इस रोग के तीन चरण होते हैं। प्राथमिक चरण में संसर्ग के तुरंत बाद लक्षण प्रकट होते हैं। सेकेंडरी सिफलिस में प्रथम संक्रमण के कुछ हफ्तों के बाद पुन: रोग के लक्षण प्रकट होते हैं।

टरशियरी सिफलिस में अपूर्ण इलाज के पश्चात् काफी दिनों तक

रोगमुक्त रहने पर बीमारी पुनः प्रकट होती है।

सिफलिस रोग से युक्त गर्भवती महिला अपने गर्भस्थ शिशु में भी इस रोग का संक्रमण कर सकती है, जिससे शिशु का संक्रमण, गर्भपात या मृत बच्चे का जन्म हो सकता है।

16. सिफलिस रोग के लक्षण एवं तकलीफ क्या है ?

उत्तर—प्राथमिक सिफलिस में मरीज को गुप्तांगों में अल्सर या घाव होता है। इनमें दर्द नहीं होता है। इलाज नहीं लेने पर भी यह खत्म हो जाते हैं।

सेकेंडरी सिफलिस से ग्रसित रोगियों को पूरे चमड़े में फोड़ा पैपुल तथा कौनडाइलोमा हो जाता है। ये सभी कोई परेशानी नहीं पैदा करते हैं।

टाशियरी सिफलिस में नस से संबंधित बीमारियाँ, हृदय रोग तथा चर्म रोग होता है।

17. क्लेमाइडिया रोग के लक्षण तथा तकलीफ क्या है ?

उत्तर—यह संक्रमण क्लेमाइडिया ट्रैकमिटिस से होता है, लेकिन सामान्यतः कोई तकलीफ नहीं पैदा करता है। प्रायः इसके साथ गोनोरिया रोग भी होता है। इससे श्वेत प्रदर या यूरेथ्रा से पारदर्शी स्राव होता है तथा पेशाब करने में दर्द होता है। गर्भवती महिला को इसका संक्रमण होने से मृत बच्चा, प्रिमेच्युर बच्चा तथा बच्चे को न्यूमोनिया, कनजंक्टीवाइटिस आदि होने का खतरा होता है। यह रोग आसानी से पहचाना जा सकता है तथा इसका पूरी तरह से इलाज किया जा सकता है।

18. ट्राइकोमोनियासिस क्या है ?

उत्तर—ट्राइकोमोनियासिस एक रोग है जो ट्राइकोमोनास बेजाइनालिस से होता है। इसके संक्रमण से पीले रंग का स्राव तथा खुजलाहट होती है। इसको दवा के द्वारा पूरी तरह से ठीक किया जा सकता है।

19. फफूँदी का संक्रमण या कैंडिडियासिस क्या है ?

उत्तर—कैंडिडा एलबिकैंस के संक्रमण से कैंडिडियासिस होता है। यह पूरे शरीर में कहीं पर भी हो सकता है। सामान्यत: यह फफूँदी थोड़ी मात्रा में योनि मार्ग में होता है और कोई परेशानी नहीं पैदा करता है। इस फफूँदी के रहने के लिए योनि मार्ग का अम्लीय PH, रोग प्रतिरोधक क्षमता का कम होना, ज्यादा दिनों तक एंटीबाइटिक का सेवन आदि सहायक है। इसके संक्रमण से दही-पनीर की तरह का स्राव योनि मार्ग से होता है, जिससे योनि मार्ग में खुजलाहट होती है। इस रोग को दवा से पूरी तरह ठीक किया जा सकता है।

20. वैक्टेरियल वेजाइनोसिस क्या है ?

उत्तर—वैक्टेरियल वेजाइनोसिस एक बहुत ही सामान्य योनि मार्ग का संक्रमण है, जो योनि मार्ग में पाए जानेवाले बैक्टीरिया से होता है ये बैक्टीरिया योनिमार्ग को दूसरे जीवाणुओं के संक्रमण से बचाते हैं। योनि मार्ग में स्वाभाविक रूप से उपस्थित लैक्टोबैसिलस जब कम हो जाता है तब बैक्टेरियल वेजाइनोसिस होता है। इस रोग में योनि मार्ग से बदबूदार स्राव होता है।

21. हरपिस क्या है ?

उत्तर—जब किसी मनुष्य को हरपिस सिमप्लेक्स वायरस से संक्रमण होता है तो उसे हरपिस होता है। यह वायरस दो तरह का होता है—HSVI और HSVII।

22. जेनाइटल हरपिस क्या है ?

उत्तर—हरपिस सिमप्लेक्स वायरस के संक्रमण से हरपिस जेनाइटालिस होता है। इस रोग में अंगूर के गुच्छे की तरह फोड़ा होता है,

जो फूट जाता है तथा उससे अल्सर या जख्म बनता है। फोड़ा में जो द्रव्य होता है तथा बिना भरा हुआ अल्सर संक्रमण के स्रोत होते हैं। इस तरह के फोड़े बार-बार होते हैं। ये फोड़े जननांग पर होते हैं तथा कभी-कभी orophryng पर भी होते हैं।

गर्भवती माँ को इस रोग का संक्रमण होने पर बच्चे को भी यह हो सकता है तथा समुचित इलाज नहीं होने पर गर्भपात भी हो सकता है।

23. हरपिस जोस्टर क्या है?

उत्तर—यह एक यौन रोग नहीं है। जिस आदमी को पहले कभी चिकन-पॉक्स हुआ हो तथा कई वर्षों के बाद शरीर के किसी भी हिस्से में दर्दनाक फोड़े निकल जाते हैं। ऐसा इसीलिए होता है, क्योंकि जो चिकन-पॉक्स का वायरस नर्व में सुसुप्त अवस्था में रहता है, कई सालों के बाद पुन: उस नर्व के क्षेत्र में फोड़ा पैदा करने लगता है ।

24. शैनक्राईड क्या है?

उत्तर—हिमोफिलस डेक्रुयाई से शैनक्राईड होता है। इस रोग में जननांग पर अनेक दर्द भरे अल्सर होते हैं।

25. जेनाइटल वार्ट क्या है?

उत्तर—जेनाइटल वार्ट यौन रोग है, जो हिउमन पैपिलोमा वायरस से होता है। इस रोग में दर्दविहीन गोभी के फूल की तरह जननांग पर मांस बन जाता है। समुचित इलाज नहीं करने पर इससे सरविक्स के कैंसर होने का खतरा होता है।

26. किसी को यौन रोग है या नहीं—डॉक्टर इस बात को कैसे जानता है?

उत्तर—डॉक्टर मरीज के शारीरिक संबंधों की जानकारी लेता है

और मरीज की जाँच करता है।

—यूरेथ्रा, योनि मार्ग या सरविक्स से जाँच निकाला जाता है।

—योनि मार्ग के द्वारा अंदरुनी जाँच की जाती है।

—कभी-कभी खून जाँच आवश्यक हो जाता है।

—यदि रोग जल्दी पकड़ लिया जाए तथा उसका समुचित इलाज एंटीबायटिक द्वारा कर दिया जाए तो पूर्ण उपचार प्राप्त किया जा सकता है।

27. यौन रोगों की जाँच कहाँ की जाती है?

उत्तर—किसी भी सरकारी या म्युनिसिपल अस्पताल में निःशुल्क परामर्श लिया जा सकता है।

—चर्म/यौन रोग विशेषज्ञ अथवा स्त्री रोग विशेषज्ञ से परामर्श किया जा सकता है।

—परामर्श को गोपनीय रखा जाता है तथा परामर्श के परिमाण को मरीज की अनुमति के बिना किसी को नहीं बताया जाता है।

28. गुप्त रोग क्या चुंबन या मुख-मैथुन से फैलता है?

उत्तर—हाँ। कुछ गुप्त रोग जैसे कि गोनोरिया, शैनक्राँईड, हरपिस मुख-मैथुन से फैलते हैं।

29. क्या समलैंगिकता से यौन रोग होता है?

उत्तर—यदि एक पार्टनर को संक्रमण हो तो यौन रोग होने का खतरा बढ़ जाता है। कुछ संक्रमण तथा विशेषकर एच.आई.वी. से संक्रमित होने का खतरा मलद्वार द्वारा मैथुन करने से बढ़ जाता है, क्योंकि एच.आई.वी. के रिसेप्टर मलद्वार की झिल्ली में ज्यादा होते हैं।

30. क्या बिना शारीरिक संबंध के यौन रोग हो सकता है?

उत्तर—सामान्यतः इनका संक्रमण शारीरिक संबंध से ही होता है। मुख–मैथुन से यौन रोग हो सकता है, खासकर यदि मुँह में छाले, अल्सर या कटा हुआ हो। कुछ यौन रोग जैसे कि सिफिलिस, हेपाटाइटिस बी, एच.आई.वी. आदि संक्रमित माता से बच्चे में फैल सकता है।

31. क्या यौन रोग से एच.आई.वी./एड्स हो सकता है?

उत्तर—यौन रोग से एड्स/एच.आई.वी. नहीं होता है, पर यदि किसी को जननांग पर अल्सर या जख्म हो तो एच.आई.वी. होने का खतरा 2 से दस गुना बढ़ जाता है।

इसके अलावा असुरक्षित तौर–तरीके, एक से ज्यादा लोगों से शारीरिक संबंध, असुरक्षित यौन संबंध, समलैंगिकता आदि सिर्फ यौन रोग ही नहीं बल्कि एच.आई.वी. के लिए भी जिम्मेवार हो सकते हैं।

32. क्या बिना यौन रोग के भी इन्वाइनल एरिया में सूजन हो सकता है?

उत्तर—हाँ। इन्वाइनल एरिया में ग्रंथियों का सूजन बैक्टीरिया के संक्रमण या पैर में चोट लगने से हो सकता है। इन्वाइनल हरनिया में भी सूजन आ सकती है। इन सभी को योनि रोग से भ्रमित नहीं होना चाहिए। विशेष जानकारी/सलाह के लिए चिकित्सक से परामर्श करना चाहिए।

33. यौन रोग की जटिलताओं से कैसे बचा जा सकता है?

उत्तर—शुरुआती अवस्था में यौन रोग का निदान काफी जरूरी है। अपने चिकित्सक से हमेशा मिलना चाहिए तथा दर्द नहीं होने पर भी लक्षण का इलाज लेना चाहिए। शीघ्र इलाज से रोग का लगभग शत–प्रतिशत निदान होता है।

एक से ज्यादा लोग से यदि असुरक्षित यौन संबंध हो जाए तो डॉक्टर से मिलना चाहिए, जो यौन रोग की रोकथाम के बारे में सलाह देंगे।

पूर्ण इलाज जरूरी है। अधूरा इलाज लेने से लक्षण खत्म हो जाते हैं पर जीवाणु के रहने से दीर्घकाल में समस्या हो सकती है।

34. पूर्ण इलाज के लिए किन खास सावधानियों को बरतना चाहिए ?

उत्तर—अपने साथी या पार्टनर का इलाज पुनः संक्रमण रोकने के लिए जरूरी है।

—नियमित चिकित्सकीय सलाह तथा जाँच आवश्यक है।

नीम-हकीम से बचना चाहिए—बहुत सारे हकीम सफेद स्राव/झोला छाप डॉक्टर नामर्दी के इलाज के बारे में प्रचार करते हैं।

35. एच.आई.वी. का संक्रमण क्या है ?

उत्तर—एच.आई.वी. का मतलब है ह्युमन इम्यूनोडेफिसियेंसी वायरस। यह वायरस शरीर में सफेद रक्त कोशिका से सट जाता है।

सफेद रक्त कोशिका शरीर में सिपाही का काम करती है और सामान्य संक्रमण से रोगनिरोधक क्षमता देती है।

ज्यों ही एच.आई.वी. वायरस शरीर में प्रवेश करता है वैसे ही सफेद रक्त कोशिकाओं पर आक्रमण करता है तथा संख्या में बढ़ता जाता है और मनुष्य के रोग-निरोधक क्षमता को कम करता है।

36. एच.आई.वी. संक्रमण के क्या लक्षण हैं ?

उत्तर—एच.आई.वी. संक्रमण के शुरुआत में, रोग निरोधक तंत्र संक्रमण से बचाता है, इसलिए मनुष्य में कोई लक्षण नहीं आता है। यह

अवधि 10 वर्ष तक लंबी हो सकती है। अंतत: मनुष्य को एड्स हो जाता है जिसके विविध प्रकार के लक्षण होते हैं।

37. एड्स क्या है?

उत्तर—एड्स का मतलब है एक्वायर्ड इम्मूनोडेफिसिएंसी सिंड्रोम। एच.आई.वी. वाईरस से संक्रमण के काफी दिनों बाद तक लक्षणरहित रहने के बाद मनुष्य की रोगनिरोधक क्षमता कम हो जाती है तथा जब श्वेत रक्त कोशिकाओं की संख्या काफी घट जाती है तब रोगनिरोधक तंत्र सामान्य रोग से भी लड़ने में सक्षम नहीं रहता है। जब श्वेत रक्त कोशिका CD4 lymphocyte की गिनती 200 कोशिका/mm^3 से कम हो जाती है तब रोग से लड़ने की क्षमता कारगर नहीं होती है। तब वैसे जीवाणु जो स्वस्थ आदमी को संक्रमित नहीं कर पाते हैं वो भी काफी ज्यादा संक्रमण तथा लाचार करनेवाली बीमारियाँ पैदा करते हैं। जैसे कि कैंडिडा, (टी.बी.) क्षय रोग, वायरस, फफूँदी तथा टाँक्सोप्लाज्मा। इस परिस्थिति को एड्स कहते हैं। इसका इलाज एंटीरेट्रोवाइरल दवाइयों से यदि नहीं की जाए तो अंततः संक्रमण की वजह से आदमी मर जाता है।

इसलिए एच.आई.वी. से संक्रमित व्यक्ति के लिए बिना विचार किए एड्स शब्द का इस्तेमाल नहीं करना चाहिए।

38. एच.आई.वी. एक मनुष्य से दूसरे मनुष्य को कैसे फैलता है?

उत्तर—एच.आई.वी. छुआछूत का रोग नहीं है, इसका संक्रमण हाथ मिलाने या छूने से नहीं होता है।

यह रोग निम्न प्रकार से फैलता है—

—असुरक्षित यौन संबंध (मलद्वार/योनि मार्ग)।

— संक्रमित रक्त या रक्त उत्पाद के इस्तेमाल से।

— संक्रमित सुई के इस्तेमाल से।

— संक्रमित माता के गर्भस्थ शिशु को गर्भावस्था के दौरान, जन्म के समय या स्तनपान के समय।

39. एच.आई.वी. किन तरीकों से नहीं फैलता है ?

उत्तर—प्रतिदिन की दिनचर्या के दौरान सामाजिक या कार्यस्थल पर सामान्य संपर्क से एच.आई.वी. का कोई खतरा नहीं होता है। एच.आई.वी. इनसे नहीं होता है—

—हाथ मिलाने से।

—साथ में बैठने या घुमने से।

—खाँसने या छींकने से।

—आलिंगन से।

—एक ही स्वीमिंग पूल या शौचालय के इस्तेमाल से।

—एच.आई.वी. से ग्रसित व्यक्ति का बरतन या बिस्तर/चादर के इस्तेमाल से।

—मच्छर/कीड़ा के काटने से।

—एच.आई.वी. से संक्रमित व्यक्ति की देखभाल से।

—रक्तदान से।

40. क्या चुंबन या स्तन को छूने से एच.आई.वी. होता है ?

उत्तर—नहीं। एच.आई.वी. की सांद्रता लार/स्तन दुग्ध में नगण्य होती है। चुंबन के दौरान काफी मात्रा में लार के विनिमय होने की संभावना कम होती है। यदि मुँह में छाले हो तो HIV का सैद्धांतिक रूप से संक्रमण चुंबन द्वारा संभव है। लेकिन चुंबन से यौन उत्कंठा प्रबल हो सकती है, जिससे असुरक्षित यौन संबंध हो सकता है तथा एच.आई.वी. होने का खतरा बढ़ सकता है।

41. भारत में एच.आई.वी. का संक्रमण सबसे पहले कब पता चला था ?

उत्तर—अप्रैल 1986 में चेन्नई में सबसे पहले इस रोग की पुष्टि की गई थी। प्रतिदिन लगभग 6000 नए लोग एच.आई.वी. से संक्रमित पाए जाते हैं। एक दशक से ज्यादा वक्त से भारत में इसका एपीडेमिक है। एच.आई.वी. की रोकथाम के प्रयासों तथा शिक्षाप्रद प्रचारों के बावजूद एच.आई.वी. संक्रमित रोग बढ़ रहे हैं।

42. जवान लोगों को एच.आई.वी. के बारे में क्यों जानना चाहिए ?

उत्तर—यह रोग सिर्फ जवान और यौन सक्रिय लोगों को होता है, इसलिए उन्हें इसके बारे में जानना चाहिए। इस रोग से सिर्फ बूढ़े और बच्चे बचते हैं (जैसा कि अफ्रीका में हुआ)।

43 एच.आई.वी. संक्रमण क्यों लाइलाज है ?

उत्तर—एच.आई.वी. अभी तक का सबसे स्मार्ट वायरस है। यह म्यूटेशन के द्वारा अपनी बनावट को बदल लेता है तथा मनुष्य की कोशिका के अंदर अपनी जैसे दूसरी कोशिकाओं का निर्माण करता है।

44. एच.आई.वी. संक्रमण को नियंत्रित करने का सबसे कारगर तरीका क्या है ?

उत्तर—रोकथाम। एच.आई.वी. संक्रमण नियंत्रित करने का सबसे कारगर तरीका अभी यही है—

—सुरक्षित यौन संबंध रखना।

—एक आदमी से विवाह।

—साँझे में सुई का इस्तेमाल नहीं करना।

—यौन रोग का उपचार।

45. क्या गोदना/कान-नाक छिदवाने से एच.आई.वी. फैलता है?

उत्तर—इन कामों के लिए जिन सुइयों का इस्तेमाल होता है वे ठोस होती हैं तथा अंदर से खोखली नहीं होती हैं। इसलिए इन पर छूटनेवाले खून की मात्रा कम होती है। इसलिए संक्रमित होने का खतरा भी कम होता है। सुई के चुभने से 250 में से एक को संक्रमण का खतरा होता है और ठोस सुइयों के लिए यह और भी कम है।

इस काम के लिए हमेशा प्रशिक्षित आदमी के पास जाना चाहिए, जो सुई को विसंक्रमित करके इस्तेमाल करते हैं।

हेपेटाइटिस बी एक दूसरा सामान्य संक्रमण है, जो सुइयों के द्वारा फैलता है।

46. क्या एच.आई.वी. से संक्रमित व्यक्ति के काटने से दूसरे मनुष्य को एच.आई.वी. का संक्रमण हो सकता है?

उत्तर—लार में एच.आई.वी. की संख्या सांद्रता काफी कम होती है। एच.आई.वी. वायरस का रिशेप्टर चमड़ा में नगण्य होता है। इसलिए एच.आई.वी. संक्रमित व्यक्ति के काटने से एच.आई.वी. संक्रमण की संभावना लगभग नहीं के बराबर है।

47. एच.आई.वी. जाँच क्या है?

उत्तर—एच.आई.वी. जाँच के द्वारा एच.आई.वी. वायरस से लड़नेवाली एंटीबॉडी का पता किया जाता है। ये एंटीबॉडी रोगनिरोधक तंत्र द्वारा एच.आई.वी. के संक्रमण के बाद बनता है।

—ELISA जाँच।

—अन्य जाँच जो वायरस के बारे में बताते हैं—PCR या P24 Ag जाँच।

48. एच.आई.वी. जाँच हमें क्या बताता है ?

उत्तर—नकारात्मक जाँच का मतलब है कि एच.आई.वी. वायरस के विरुद्ध एंटीबॉडी शरीर में नहीं पाया गया है। सामान्यत: एंटीबॉडी बनने तथा खून जाँच में पाए जाने के तीन से छह महीने लग जाता है। संक्रमण होने तथा सकारात्मक जाँच आने की अवधि को 'विंडो पीरियड' कहा जाता है। नकारात्मक जाँच से संक्रमण नहीं होने का निष्कर्ष नहीं निकलता है।

49. एच.आई.वी. जाँच कब करवानी चाहिए ?

उत्तर—यदि किसी को एच.आई.वी. संक्रमण की शंका हो तो उसे एच.आई.वी. जाँच करवानी चाहिए। ऐसे इस जाँच को कराने के पहले डॉक्टर, स्वास्थ्य सलाहकार या प्रशिक्षित परामर्शदाता से सलाह लेनी चाहिए।

एच.आई.वी. जाँच का सकारात्मक होना काफी तकलीफदेह तथा तनावपूर्ण होता है और यह जिंदगी में काफी बदलाव ला सकता है।

50. एच.आई.वी. जाँच कहाँ करवानी चाहिए ?

उत्तर—हमारे देश में राष्ट्रीय एड्स नियंत्रण संघ सभी के लिए गोपनीय जाँच की सुविधा देता है।

टेलीफोन डायरेक्टरी में सहायता नंबर, क्लिनिक तथा मुख्य अस्पताल के नंबर रहते हैं। 1097 नंबर पर मुफ्त में अतिरिक्त जानकारी तथा मदद मिलती है।

यह बात महत्त्वपूर्ण है कि आवेश में आकर जाँच नहीं करानी चाहिए।

51. एच.आई.वी. जाँच क्यों करानी चाहिए ?

उत्तर—एच.आई.वी. जाँच कराना एक व्यक्तिगत फैसला है, पर

इसे निम्नलिखित परिस्थितियों में करानी चाहिए।

—एक से ज्यादा लोगों से शारीरिक संबंध बनाना।

—एस.टी.डी. से ग्रसित होना।

—एच.आई.वी. से ग्रसित माताओं के बच्चे।

—एच.आई.वी. से ग्रसित लोगों के पार्टनर।

—बलात्कार की शिकार महिला।

—स्वास्थ्यकर्मी जिन्हें कार्य के दौरान सुई चुभ गई हो।

52. एड्स के उपचार के लिए होम्योपैथी, आयुर्वेद या पारंपरिक औषधि में क्या कोई दवाई है?

उत्तर—नहीं। पूर्ण रूप से उपचार करनेवाली दवा अभी किसी भी पद्धति में विकसित नहीं हुई है।

दुर्भाग्यवश कुछ लोग अपने स्वार्थ की पूर्ति के लिए मरीजों को भ्रमित करते हैं। इस तरह की बातों या विज्ञापनों पर ध्यान नहीं देना चाहिए।

53. यदि शादी के बाद पति या पत्नी एच.आई.वी. से संक्रमित है, यह पता चले तो क्या प्रतिक्रिया होनी चाहिए?

उत्तर—शादी के पहले यदि एच.आई.वी. जाँच हो तो वह ज्यादा अच्छा है। लेकिन यदि शादी के बाद पता चले तो उन्हें परामर्श लेना चाहिए। मानसिक और भावनात्मक सहारे की आवश्यकता होती है।

54. यदि यह शंका हो या पता हो कि आपका सहभागी/साथी एच.आई.वी. सकारात्मक है तो सुरक्षा के क्या उपाय करना चाहिए?

उत्तर—निम्नलिखित सावधानियाँ लेनी चाहिए—

—प्रत्येक शारीरिक संबंध के लिए निरोध का इस्तेमाल करना

—समय-समय पर एच.आई.वी. जाँच कराना।

55. एच.आई.वी. सकारात्मक गर्भवती महिला को क्या करना चाहिए?

उत्तर—एच.आई.वी. सकारात्मक गर्भवती महिला के पास निम्नलिखित तीन रास्ते हैं—

1. वह गर्भपात करवा सकती है।
2. वह एंटीरेट्रोवायरल दवाइयों के द्वारा अपने तथा अपने बच्चे का बचाव कर सकती है।
3. वह सिर्फ अपने बच्चे को संक्रमित होने से रोकने के लिए दवा ले सकती है। नेवीशषिन दवा का नाम है।

इस परिवार को नियमित चिकित्सीय सलाह लेते रहना चाहिए।

56. क्या एच.आई.वी. से ग्रसित व्यक्ति अपना कार्य कर सकते हैं?

उत्तर—हाँ। ज्यादातर एच.आई.वी. से संक्रमित व्यक्ति स्वस्थ होते हैं तथा अपना कार्य कर सकते हैं। जिस तरह बीमारी की अवस्था में कोई आदमी अपना कार्य करने में सक्षम नहीं होता है उसी तरह से एच.आई.वी. से बीमार व्यक्ति अपना कार्य नहीं कर सकता है।

मालिक को कार्यस्थल पर शिक्षाप्रद कार्यक्रम तथा एच.आई.वी./एड्स के बारे में सही जानकारी देनी चाहिए। एच.आई.वी. संक्रमण ज्यादातर जवान और अधेड़ उम्र के वयस्क को होता है। इन लोगों को नौकरी की जरूरत होती है तथा ये लोग काम करने के इच्छुक होते हैं

मेडिकल रिकॉर्ड की गोपनीयता हर व्यक्ति का अधिकार है। इसलिए कर्मचारी को चिकित्सकीय जानकारी को गोपनीय रखने का हक है।

57. एच.आई.वी. संक्रमित व्यक्ति को दुर्घटना के समय प्राथमिक उपचार देते समय क्या आप चिंतित होंगे?

उत्तर—यह याद रखना महत्त्वपूर्ण है कि एच.आई.वी., हेपाटाइटिस बी के जीवाणु को शरीर में प्रवेश बिंदु का जगह तथा उसका रिसेप्टर होना आवश्यक है। इसलिए घाव या छिले हुए जगह को ढकना जरूरी है।

—जहाँ तक संभव हो ग्लव्स पहनना चाहिए।

—किसी एच.आई.वी. संक्रमित व्यक्ति के रक्त या शरीर के अन्य स्राव के संपर्क में आने पर हाथ तथा त्वचा को धोना चाहिए।

—किसी भी हालत में समुचित सावधानियाँ अवश्य बरतनी चाहिए।

2.1 किशारों के प्रजजन अधिकार

1. किशोरावस्था क्या है?

उत्तर—किशोरावस्था परिवर्तन का वह समय है जब एक बच्चा वयस्क बनता है। इसी समय तीव्र शारीरिक विकास और मानसिक परिवर्तन तथा अन्य यौन लक्षणों का विकास तथा प्रजनन परिपक्वता होते हैं।

किशोरावस्था में गहन यौन भाव विकसित होता है तथा वे विपरीत लिंग से अपने संबंधों को परिभाषित करना प्रारंभ करते हैं। किशोर परिवार के बाहर सामाजिक संबंधों को परिभाषित करना शुरू करते हैं। उनका यह व्यवहार स्वतंत्र होने तथा अपनी पहचान बनाने के गहन भाव से प्रेरित होता है। इस प्रक्रिया में किशोरों में काफी तनाव तथा परिवर्तन होता है। दुर्भाग्यवश किशोरों की इस विशेष आवश्यकता को भारत में विरले ही शैक्षिक, स्वास्थ्य तथा परिवार कल्याण कार्यक्रम में संबोधित किया जाता है।

विश्व स्वास्थ्य संगठन, UNICEF तथा UNFPA में सन् 1998 में

एक संयुक्त वक्तव्य में इस बात के लिए सहमत हुए कि किशोरों से तात्पर्य है 10 वर्ष से 19 वर्ष का व्यक्ति। ज्यादा जगहों पर इन लोगों की प्रजनन स्वास्थ्य की जरूरतों को अनदेखा किया जाता है या बच्चों की स्वास्थ्य जरूरतों के साथ किया जाता है।

2. प्रजनन अधिकार क्या है ?

उत्तर—प्रजनन अधिकार की जड़ें मनुष्य की बुनियादी अधिकारों में हैं। इन अधिकारों से महिलाओं को काफी सुरक्षा मिलती है। प्रजनन अधिकार के दो पहलू हैं—(1) प्रजनन स्वास्थ्य सुविधा का अधिकार (2) स्वनिर्धारित प्रजनन अधिकार

प्रजनन स्वास्थ्य औरतों के स्वस्थ होने का आधारभूत पहलू है। बिना नियमित, सुरक्षित तथा उच्च गुणवत्तावाली स्वास्थ्य सेवा के, औरतों को आसानी से स्वास्थ्य संबंधी जटिलताएँ घर कर लेती हैं, जो बच्चे के जन्म के समय मृत्यु या शारीरिक चोट, अवांछनीय गर्भ तथा यौनजनितरोग हो सकता है। प्रजनन स्वास्थ्य अधिकार इस प्रकार से सरकार का यह कर्तव्य बनाता है कि वह प्रजनन स्वास्थ्य सेवाएँ उपलब्ध कराए तथा कानूनी बाधाएँ दूर करें।

3. किशोरों के अधिकार क्या हैं ?

उत्तर—किशोरों के सही विकास के प्रति माता-पिता एवं अभिभावक के कर्त्तव्य, अधिकार एवं जिम्मेदारी की पहचान किशोरों को होनी चाहिए। किसी भी देश को यह सुनिश्चित करना चाहिए कि स्वास्थ्यकर्मी किशोरों को यौन शिक्षा एवं यौन संक्रमण से संबंधित सही जानकारी एवं सेवा दें। स्वास्थ्य सेवा में किशोरों की गोपनीयता का उचित खयाल रखना चाहिए ये सेवाए उनके सामाजिक, धार्मिक एवं सांस्कृतिक मान्यताओं के अनुरूप होनी चाहिए।

जहाँ तक संभव हो देश में किशोरों के मिलने वाली जानकारी पर कोई कानूनी एवं सामाजिक नियंत्रण नहीं होना चाहिए।
(ICPD* Paragraph 3.45 Program of Action)

4. किशोरों के प्रजनन संबंधी अधिकारों की आवश्यकता कब महसूस की गयी ?

उत्तर—पहली बार किशोरों के प्रजनन संबंधी अधिकारों की आवश्यकता सरकारी तौर पर 1989 में शुरू की गई। (UN convention on the rights of the child) इसके तहत बच्चों के राजनैतिक सिविल, आर्थिक, सामाजिक एवं सांस्कृतिक अधिकारों को महत्व दिया गया। अंतरराष्ट्रीय नियम के अनुसार बच्चे एवं किशोर के मानवाधिकार उतने ही महत्वपूर्ण हैं जितने वयस्कों के।

इस महत्वपूर्ण कदमों के बावजूद यथार्थ में बहुत कुछ करने की आवश्यकता है।

4 A. क्या किशोरों को भारत में प्रजनन स्वास्थ्य सुविधाएँ उपलब्ध हैं ?

उत्तर—किशोरों की स्वास्थ्य जरूरतें संस्कृति, उम्र और वैवाहिक स्थिति के अनुसार बदलती है, लेकिन सभी किशोरों को उच्च गुणवत्तावाली, सस्ती स्वास्थ्य सुविधा चाहिए। इसके अलावा यह आवश्यक है कि यह सुविधा गोपनीय हो। यह बात कुँवारे किशोरों के लिए ज्यादा महत्त्वपूर्ण है जो यौन सक्रिय होने से नकारात्मक भावना से ग्रसित हो सकते हैं। भारतवर्ष को मिलाकर हुए बहुत कम देशों में किशोरों के लिए प्रजनन स्वास्थ्य सुविधा पर्याप्त मात्रा में उपलब्ध है।

भारत की स्वास्थ्य सुविधा की मुख्य धारा में किशोरों का स्वास्थ्य

* ICPD-International Conference on Population and Development.

नहीं आता है। हाल-फिलहाल में प्रजनन एवं शिशु स्वास्थ्य को शामिल कर लिया गया है। हालाँकि किशोर स्वास्थ्य सेवा को संपादित करने के लिए कोई परिभाषित योजना नहीं है।

5. सरकार तथा गैर-सरकारी संस्थाओं द्वारा किशोरों की समस्या तथा अधिकारों के लिए किस तरह के किशोर कार्यक्रम शुरू किए गए हैं?

उत्तर—सरकारी तथा गैर-सरकारी संस्थाएँ योजनाबद्ध तरीके से इन नीतियों का कार्यान्वयन बहुत सारे कार्यक्रम के तहत शुरू किया है। इन कार्यक्रमों को क्षेत्रीय तथा अंतरराष्ट्रीय संस्थाओं का सहारा प्राप्त है। बहुत सारी गैर-सरकारी संस्थाओं को आर्थिक तथा तकनीकी सहायता दी जाती है। ये मदद करनेवाली संस्थाएँ, गैर-सरकारी संस्थाएँ, सरकारी मंत्रालय तथा विभाग हैं। गैर-सरकारी संस्थाओं का कार्य अभी भी छोटे स्तर पर है जो देश के किसी खास क्षेत्र में किशोरों की जनसंख्या के कुछ हिस्से में कार्य संपादित करती है। यूँ तो ज्यादातर गैर-सरकारी संस्थाएँ अपने कार्य में रचनात्मक एवं विकासशील तरीके अपनाती है, पर इनमें से कुछ अभी अपने शिशुवस्था में है। संस्थाओं के किशोरों के समस्याओं को सुलझाने के अनुभव एवं क्षमता के मुताबिक इनका कार्यक्षेत्र अलग-अलग होता है। इन कोशिशों को बढ़ावा देने की जरूरत है, ताकि ये ज्यादा प्रभावी हो सकें।

सबसे महत्त्वपूर्ण बात यह है कि सरकार को इन संस्थाओं के सहयोग से (1) शिक्षा के हर स्तर पर यौन शिक्षा तथा जीवन को निपुण बनाने की शिक्षा की शुरुआत करनी चाहिए।

प्रजनन स्वास्थ्य के अधिकार को पूरा करने के लिए शिक्षा अति आवश्यक है। शिक्षा किशोरों को इस काबिल बनाती है कि जानकारी हासिल कर सकें तथा उसका इस्तेमाल वे अपने विभिन्न अधिकारों तथा

रुचियों की रक्षा, लैंगिक और प्रजनन अधिकारों को सम्मिलित करते हुए कर सके। (2) कानून बनाकर प्राथमिक विद्यालय में दोनों लिंगों की उपस्थिति आवश्यक हो।

6. कम उम्र की शादी किस तरह किशोरों के अधिकार को प्रभावित करती है ?

उत्तर—18 वर्ष से कम उम्र की शादी को सामान्यत: कम उम्र की शादी मानते हैं।

7. लैंगिक और प्रजनन अधिकार क्या है ?

उत्तर—लैंगिक और प्रजनन अधिकार में सम्मिलित हैं—

- प्रजनन एवं लैंगिक स्वास्थ्य आजीवन स्वास्थ्य के हिस्से के रूप में;
- प्रजनन संबंधी फैसला, जिसमें शादी का चुनाव, परिवार निर्माण, बच्चों की संख्या, उसके जन्म का समय तथा उनके बीच का अंतराल सम्मिलित है। अधिकारों को जानने का अधिकार और इन अधिकारों को संपादित करने का जरिया।
- संपूर्ण, उच्च गुणवत्तावाली प्रजनन स्वास्थ्य सेवा, जो एकांतता, नि:शुल्क एवं सूचित अनुमति, इज्जत तथा गोपनीयता दे।
- लैंगिक एवं प्रजनन सुरक्षा, जिसमें लैंगिक हिंसा तथा बल प्रयोग से स्वतंत्रता हो।

8. लैंगिक एवं प्रजनन अधिकार हनन के क्या प्रभाव हैं ?

उत्तर—6,00,000 महिलाएँ प्रतिवर्ष गर्भावस्था से संबंधित कारणों से मरती हैं।

—लगभग 200000 मातृ मृत्यु प्रतिवर्ष गर्भ निरोधन के अभाव या

असफल होने से होती है।

—कम-से-कम 1200 लाख विकासशील देश के जोड़ों को, अपने परिवार को नियोजित करने या दो बच्चों के बीच के अंतराल को नियंत्रित करने के तरीकों का अभी भी अभाव है।

—कम-से-कम 750 लाख गर्भ प्रतिवर्ष अवांछनीय होता है, जिनसे 450 लाख का गर्भपात होता है तथा लगभग 300 लाख का जन्म होता है।

—18 वर्ष से कम उम्र की 150 लाख से ज्यादा लड़कियाँ प्रतिवर्ष बच्चे को जन्म देती हैं। इनमें से ज्यादातर अवांछनीय होती हैं। एक किशोरी गर्भवती के गर्भधारण की वजह से मरने का खतरा 18-25 वर्ष की महिला की तुलना में 5 गुणा ज्यादा होता है।

—70000 महिलाएँ असुरक्षित गर्भपात से प्रतिवर्ष मरती हैं और न जाने कितने को संक्रमण तथा अन्य स्वास्थ्य संबंधी बीमारियाँ होती हैं।

—10 लाख लोग प्रतिवर्ष प्रजनन तंत्र के संक्रमण से मरते हैं। एच.आई.वी. के अलावा, जिनमें यौनजनित रोग सम्मिलित हैं। लगभग 3330 लाख नए लोग यौन जनित रोग से प्रतिवर्ष संक्रमित होते हैं।

—बहुत सारे राष्ट्रों में दस में से छह महिलाएँ यौनजनित रोगों से ग्रसित हैं। इन महिलाओं को बाँझपन, सरविक्स का कैंसर तथा अन्य गंभीर स्वास्थ्य संबंधी बीमारियों का खतरा ज्यादा होता है।

—1200 लाख महिलाओं के जननांगों को क्षतिग्रस्त किया गया है तथा 20 लाख अन्य महिलाएँ प्रतिवर्ष इसके खतरे पर हैं। अंतरराष्ट्रीय समुदायों तथा व्यक्तिगत सरकारों ने इस प्रथा की निंदा की है फिर भी 28 देशों में अभी भी यह जारी है।

—बलात्कार तथा अन्य प्रकार की लैंगिक हिंसा बढ़ रही है; मसलन बाल-बलात्कार की संख्या कुछ राष्ट्रों में काफी बढ़ गई है, क्योंकि वहाँ के कुछ मर्द सोचते हैं कि छोटी लड़कियों के साथ लैंगिक संबंध से

एच.आई.वी./एड्स खत्म हो जाएगा।

— 5 से 15 वर्ष की 20 लाख लड़कियाँ प्रतिवर्ष लिंग बाजार में डाल दी जाती हैं।

9. ज्यादा से ज्यादा देश किशोरों के प्रजनन एवं लैंगिक अधिकार को पहचानने लगे हैं। इसमें क्या सम्मिलित है?

उत्तर—ये मानवाधिकार लैंगिक तथा प्रजनन स्वास्थ्य से संबंधित अधिकार के यंत्र हैं जिनमें निम्नलिखित सम्मिलित हैं—

—जीवन और जीवन यापन।

—व्यक्ति की स्वतंत्रता और सुरक्षा।

—स्वच्छंदता और गोपनीयता।

—जानकारी और शिक्षा।

—शादी करने या नहीं करने का फैसला और बच्चे पैदा करने या नहीं करने का फैसला।

—उच्च गुणवत्ता वाली स्वास्थ्य सेवा एवं सुरक्षा।

—समानता एवं बिना पक्षपात।

—विज्ञान के विकास से लाभ।

—विचार एवं सभा बुलाने की आजादी।

—दुर-व्यवहार एवं अत्याचार से आजादी।

10. ICPD कार्यक्रम के अन्तर्गत युवाओं के अधिकार के महत्त्व क्या हैं?

उत्तर—जरूरतों की पूर्ति तथा महिलाओं एवं पुरुषों की अच्छी जिंदगी की चाहत।

—लिंग समरूपता की प्राप्ति और औरतों का सशक्तिकरण।

—बृहत प्रजनन अधिकार और प्रजनन स्वास्थ्य तरीका के परिपेक्ष में परिवार नियोजन को सार्वभौमिक रूप से उपलब्ध कराना।

— शिक्षा की उपलब्धता का विस्तार खासकर लड़कियों के लिए।

— नवजात, शिशु तथा मातृ मृत्युदर को कम करना।

ICPD कार्यक्रम में निम्नलिखित बातों का महत्व है।

2.2 गर्भपात

गर्भपात मिथक या तथ्य

1. गर्भपात क्या है ?

उत्तर—गर्भपात एक आम शब्द है, जिसका तात्पर्य है भ्रूण का जीनवक्षमता की अवधि के पूर्व स्वतः रूप से खत्म होना।

2. मेडिकल टरमिनेशन ऑफ प्रेगनेंसी एम.टी.पी. क्या है ?

उत्तर—योजनाबद्ध तरीके से भ्रूण के जीवित रहने की अवधि, जो कि 20 हफ्ता है, के पहले गर्भावस्था को खत्म करना।

3. किन तरीकों के द्वारा मैं एम.टी.पी. करा सकती हूँ ?

उत्तर—मूल रूप से इनके दो तरीके हैं—

(ए) चिकित्सकीय विधि जिसमें एंटी-प्रोजेस्ट्रेरोन तथा प्रोस्टाग्लैंडिन शुरू के तीन महीने में दिया जाता है तथा इथाक्राइडीन लैक्टेट और हाइपर टोनिक सलाइन बीच के तीन महीने में दिया जाता है।

(बी) शल्यचिकित्सकीय विधि

—वैक्युम एसपीरेशन या सक्शन इवैकुएशन—इस प्रक्रिया में सरविक्स को फैलाया जाता है तथा तब खींचनेवाली टोटी का इस्तेमाल करते हुए उत्पाद को खींच लिया जाता है।

—डाइलेटेशन तथा इवैकुएशन—सरविक्स को फैलाया जाता है तथा ओभम फारसेप का इस्तेमाल करके उत्पाद को निकाल दिया जाता है।

4. मैं कानूनन तौर पर कब तक गर्भपात करा सकती हूँ ?

उत्तर—कानूनन तौर पर 20 हफ्ता तक गर्भपात किया जा सकता है—

—12 हफ्ता तक—शुरू के तीन महीने।

—12-20 हफ्ता तक बीच के तीन महीने।

5. क्या बीच के तीन महीने का गर्भपात शुरू के तीन महीने के मुकाबले ज्यादा खतरनाक होता है ?

उत्तर—बीच के तीन महीने के गर्भपात की जटिलताएँ ज्यादा हैं—

—उत्पाद के छूटने की संभावना ज्यादा होती है।

—संक्रमण की संभावना ज्यादा है।

6. क्या मेरे पति की अनुमति एम.टी.पी. के लिए आवश्यक है ?

उत्तर—18 वर्ष से ज्यादा उम्र की महिला स्वयं इसकी अनुमति दे सकती है तथा पति की अनुमति आवश्यक नहीं पर वांछनीय है।

7. एम.टी.पी. के पहले कौन से जाँच आवश्यक है ?

उत्तर—निम्नलिखित आधारभूत जाँच है—

—हिमोग्लोबिन।

—ब्लड ग्रुप तथा आर.एच. टाइपिंग।

—मूत्र जाँच।

—(महिला की अंदरूनी जाँच) गर्भावस्था की अवधि का पता लगाने के लिए चिकित्सक द्वारा।

8. ब्लड ग्रुप जानना क्यों आवश्यक है ?

उत्तर—ब्लड ग्रुप और आर.एच. जानना महत्त्वपूर्ण है, क्योंकि यदि महिला का ब्लड ग्रुप आर.एच. नकारात्मक हो तो वह एम.टी.पी. के समय संवेदनशील हो जा सकती है, जिससे उसकी दूसरी गर्भावस्था को हानि

पहुँच सकता है और इसलिए इन महिलाओं को एंटी–डी सूई देना चाहिए।

9. कानूनन गर्भपात कितना सुरक्षित है ?

उत्तर—यह बहुत ही सुरक्षित है। इसकी मृत्यु दर 1.4/100000 है।

10. असुरक्षित गर्भपात क्या है ?

उत्तर—असुरक्षित गर्भपात शब्द WHO का प्रस्ताव है, जिसका मतलब है गर्भपात अनुमोदित स्थान या व्यक्ति द्वारा नहीं किया गया है।

11. असुरक्षित गर्भपात से मरने का कितना खतरा है ?

उत्तर—250 गर्भपात में 1 की मृत्यु का खतरा।

12. एम.टी.पी. कराने के कितने दिनों के बाद से मुझे गर्भवती होने का खतरा है ?

उत्तर—75 प्रतिशत महिलाओं को गर्भपात के 20 दिनों के अंदर अंडा बन जाता है। अत: किसी गर्भनिरोधक के इस्तेमाल के अभाव में उन्हें गर्भवती होने का खतरा रहता है।

13. एम.टी.पी. के कितने दिनों के बाद मुझे गर्भनिरोधक इस्तेमाल शुरू करना चाहिए ?

उत्तर—गर्भनिरोधक गोलियाँ 1 हफ्ता में शुरू करनी चाहिए इंट्रायूटेराइन डिवाइस जैसे कि Cu-T को गर्भपात के समय लगाया जा सकता है।

वीर्यनिरोधक तरीके को सहवास के समय अवश्य इस्तेमाल करना चाहिए।

14. मैं अपनी सामान्य दिनचर्या कब शुरू कर सकती हूँ ?

उत्तर—सामान्य दिनचर्या तुरंत बाद शुरू की जा सकती है।

15. एम.टी.पी. के बाद मैं सहवास कब कर सकती हूँ ?

उत्तर—एम.टी.पी. के 15 दिन बाद तक सहवास नहीं करना चाहिए, क्योंकि इस प्रक्रिया से गर्भाशय संक्रमण के लिए ज्यादा संवेदनशील हो जाता है।

16. एम.टी.पी. के कितने दिनों के बाद डॉक्टर से पुनः मुलाकात करनी चाहिए ?

उत्तर—2 हफ्ते के बाद या यदि निम्नलिखित में से किसी के होने पर—

—पेडु में तीव्र दर्द होने पर।

—बुखार।

—7 दिनों से ज्यादा लगातार दर्द होने पर।

—लगातार ताजा खून बहने पर।

—गर्भावस्था के लक्षण रहने पर।

17. एम.टी.पी. के दूरगामी जटिलताएँ क्या हैं ?

उत्तर—कुछ अध्ययन में यह पाया गया है कि गर्भपात के बाद समय से पहले बच्चा होना, पुनः गर्भपात, कम वजन के बच्चे तथा बाँझपन भी हो सकता है।

18. चिकित्सकीय विधि द्वारा शुरू के तीन महीने में गर्भपात करने का क्या उपाय है ?

उत्तर—शुरू के तीन महीने में मुख से, योनि मार्ग से या नस में दवा देकर गर्भपात किया जाता है।

19. कौन सी दवा का इस्तेमाल किया जाता है ?

उत्तर—ये दवाइयाँ मूल रूप से दो तरह की हैं, जो एक साथ इस्तेमाल की जाती हैं—

—एंटीप्रोजेस्टेरोन-मिफिप्रिस्टोन।

—प्रोस्टाग्लैडिन।

20. चिकित्सकीय विधि द्वारा कब तक गर्भपात किया जाता है ?

उत्तर—शुरू के 7 हफ्ता यानी कि 49 दिनों तक जिसकी गिनती आखिरी माहवारी से की जाती है।

21. यदि मैं चिकित्सकीय विधि द्वारा गर्भपात कराना चाहती हूँ तो क्या मुझे अस्पताल में भरती होने की आवश्यकता है ?

उत्तर—भरती की आवश्यकता नहीं है पर चिकित्सक के निर्देशों का पालन करना तथा नियमित जाँच जरूरी है।

22. चिकित्सकीय विधि से गर्भपात कराने में कितना समय लगता है ?

उत्तर—शल्य विधि के मुकाबले चिकित्सकीय विधि में ज्यादा वक्त लगता है क्योंकि इसमें पहले दिन एंटीप्रोजेस्टेरोन दिया जाता है तथा प्रोस्टाग्लौडिन तीसरे दिन दिया जाता है। प्रोस्टाग्लैडिन देने के चार घंटे के अंदर गर्भपात होता है।

23. चिकित्सकीय विधि द्वारा गर्भपात में रक्तस्राव कितने दिनों तक होता है ?

उत्तर—ज्यादातर महिलाओं में 10 दिनों तक होता है।

24. चिकित्सकीय विधि में अत्यधिक रक्त स्राव होने की क्या संभावना होती है।

इसमें लगभग 1 प्रतिशत महिलाओं में अत्यधिक रक्त स्राव होता है। □

अध्याय-3

युवा वर्ग एवं गर्भनिरोधक उपाय

परिचय

तकरीबन 25 प्रतिशत आबादी युवाओं की है (10 से 24 साल के बीच) इन वर्षों में युवा दुनिया में बहुत कुछ सीखते और समझते हैं। यही व्यावहारिक शिक्षा उनके भविष्य का आधार बनती है। युवा वर्ग में अनेक संभावनाएँ हैं।

प्रजनन स्वास्थ्य संबंधी जानकारी युवा वर्ग के लिए अति आवश्यक है। इस वर्ग के लिए उपयुक्त जानकारी और उपलब्ध सेवाएँ इन्हें सेक्स के प्रति जिम्मेवार व्यवहार के लिए तैयार करती हैं।

गर्भनिरोधक जानकारी हमारे युवा वर्ग के लिए अति आवश्यक है।

हम गर्भनिरोध से संबंधित जानकारी को सामान्यत: पूछे जानेवाले प्रश्नों के माध्यम से देंगे।

आवश्यक जानकारी

1. गर्भनिरोधक क्या है?

उत्तर—गर्भनिरोधक का शाब्दिक अर्थ है गर्भाधान को रोकना। इसी से मिलता-जुलता शब्द है बर्थ-कंट्रोल, जिसका अर्थ है ऐसे तरीकों का

उपयोग जो गर्भावस्था रोके और इसका उद्देश्य जनसंख्या-नियंत्रण है।

2. गर्भनिरोध युवा वर्ग के लिए क्यों आवश्यक है ?

उत्तर—गर्भनिरोधकों के बारे में जानकारी प्राप्त कर युवा वर्ग अनचाहे गर्भ एवं असुरक्षित सेक्स से बच सकते हैं। युवा वर्ग में अवांछित गर्भ, असुरक्षित गर्भपात एवं एच.आई.वी. जैसी बीमारियाँ ज्यादा पाई जा रही हैं। इन सबका स्वास्थ्य पर बुरा असर पड़ता है।

गर्भनिरोधकों के उपयोग के बारे में सही जानकारी होने से इन दुष्परिणामों से बचा जा सकता है।

- **गर्भनिरोधन के बारे में सही जानकारी के अभाव से युवा वर्ग हानिकारक आदतों को अपना लेते हैं।**

इसका कुप्रभाव उनके स्वास्थ्य पर पड़ता है। असुरक्षित यौन संबंधों के कारण अवांछित गर्भ, असुरक्षित गर्भपात, यौन संक्रमित रोगों (जैसे HIV) के खतरे बढ़ जाते हैं।

सही समय पर गर्भ निरोधन की जानकारी प्राप्त कर युवा वर्ग कई जोखिमों से अपने को बचा सकते हैं।

3. लैंगिक संबंधों के लिए क्या मार्ग-निर्देश है ?

उत्तर—सही समय पर संबंधों के लिए सहमति एवं धैर्यपूर्वक प्रतीक्षा

—अपने साथी का सही चुनाव।

—अपने साथी के साथ सही बरताव।

—सुरक्षित तरीके का चयन।

सेक्स पार्टनर के लिए दिशा-निर्देश—

—एक-दूसरे की सहमति आवश्यक है।

—एक-दूसरे के प्रति ईमानदारी होनी चाहिए।

—एक-दूसरे को बराबरी का दरजा देना चाहिए।

—एक-दूसरे के आनंद के प्रति आदर होना चाहिए।

— शारीरिक अथवा मानसिक कष्ट से बचाव करना चाहिए।

—एक-दूसरे की सीमा का आदर।

—अपने व्यवहार के लिए खुद जिम्मेवारी स्वीकार करना।

4. युवाओं के लिए गर्भनिरोधन के विभिन्न तरीके क्या है?

गर्भ निरोधक उपाय

(क) लैंगिक व्यवहार के आधार पर

पद्धतियाँ

1. ब्रह्मचर्य का पालन
2. शिश्न को योनि मार्ग में न डालते हुए यौन संबंध।
3. संभोग के बीच में ही वीर्यवहन से पूर्व शिश्न को बाहर निकालना।

(ख) Barrier गर्भनिरोधन

1. कंडोम्स।
2. डायफ्राम, Cervical cap इत्यादि।

(ग) हार्मोनल गर्भ निरोधन

1. गर्भनिरोधक गोली।
2. गर्भनिरोधक सूई।

(घ) कुछ नए तरीके—

1. इमप्लांट।
2. गर्भनिरोधक रिंग।
3. गर्भनिरोधक पट्टी।

(ङ) आपातकाल गर्भनिरोधन

5. गर्भ-निरोधन के विभिन्न उपाय गर्भावस्था रोकने में कितने कारगर है ?

गर्भनिरोधन के उपाय	सफलता
कंडोम	90 प्रतिशत
कंडोम एवं स्पर्मिसाइडस	95 प्रतिशत
गर्भनिरोधक स्पंज	90 प्रतिशत
डायफ्राम एवं स्पर्मिसाइड	81 प्रतिशत
गर्भनिरोधक गोली	98 प्रतिशत
गर्भनिरोधक सूई एवं इम्पलांट	99 प्रतिशत
विदड्राअल	77 प्रतिशत
कुदरती तरीके	76 प्रतिशत

यौन संबंधों को स्थापित करने के दौरान गर्भनिरोधक का उपयोग आवश्यक है। ऐसा नहीं करने पर अवांछित गर्भ ठहरने की संभावना रहती है। ऊपर की सूची में सामान्य प्रचलित गर्भनिरोधकों की सफलता का प्रतिशत दरशाया गया है। जैसे कि अगर कंडोम का प्रयोग सही तरीके से किया जाए तो एक साल के दौरान 90 प्रतिशत महिलाएँ गर्भधारण नहीं करेंगी।

6. गर्भनिरोधन के कुदरती उपाय क्या हैं ?

उत्तर—माहवारी चक्र के बीच का एक सप्ताह गर्भधारण के लिए अच्छा होता है। अगर इस अवधि में संभोग नहीं किया जाए तो गर्भधारण की संभावना बहुत कम होती है।

कैलेंडर पद्धति, बी.बी.टी. (Basal Body Temp.) एवं Cervical Mucus पद्धति से इस अवधि का पता किया जा सकता है। दूसरा तरीका है संभोग के बीच में ही वीर्यवहन से पूर्व शिश्न को बाहर निकालना।

इन तरीकों के फायदे

—कोई खर्च नहीं, हर किसी के उपयोग हेतु आसानी।

—कोई औषधीय कुप्रभाव नहीं।

नुकसान

—यौन संबंधों से होनेवाली बीमारियों एड्स एवं एच.आई.वी. तथा अन्य बीमारियों से सुरक्षा नहीं।

—पति-पत्नी दोनों का सहयोग और इच्छाशक्ति का होना आवश्यक।

—असफल होने की संभावना ज्यादा।

6. पूर्ण संयम क्या है?

उत्तर—पूर्ण संयम है यौन संबंधों पर पूर्ण नियंत्रण। यौन संबंधों में शारीरिक और मानसिक उपाय निहित है, संयम इन हानियों से बचने का एक अच्छा उपाय है। यह सौ प्रतिशत प्रभावशाली है, इसके कोई औषधीय कुप्रभाव नहीं हैं। किंतु युवा वर्ग के लिए इसे व्यवहार में लाना कठिन हो सकता है।

किशोरियाँ अगर 20-22 की उम्र तक संयम रखें, यौन संबंध सिर्फ एक ही व्यक्ति से बनाएँ तो बाँझपन, संक्रमण एवं ग्रीवा के कैंसर से बच सकती हैं।

धार्मिक और सामाजिक नियम भी संयम को उत्तम मानते हैं।

8. यौन संबंधों से इनकार कैसे करे?

उत्तर—यौन संबंधों से इनकार करने के तरीके

यदि वह कहता है/कहती है	**आप बोल सकते है**
प्यार का अर्थ है यौन संबंध	सही प्यार का अर्थ है कोई जोर-जबरदस्ती नहीं
तुम असली पुरुष/स्त्री नहीं हो	यौन संबंधों की स्थापना ही स्त्रीत्व या पुरुषत्व नहीं
कोई इनकार नहीं करना	मैं हाँ कोई नहीं
तुम अकेले कुमारे/कुमारी हो	मुझे इस पर गर्व है

हो सकता है तुममें कोई खराबी हो	हो सकता है ऐसा सोचने वाले के अंदर कोई खराबी हो
अगर तुमने इनकार किया तो	ढूँढ़ो अच्छी बात है! अलविदा। मैं किसी और को खोजूँगा
मैं तुम्हारे हाँ कहने का इंतजार कर थक चुका/चुकी हूँ	और मैं जोर देने से
डर का कारण?	डर नहीं, मैं तैयार नहीं हूँ
यदि वह कहता/कहती है अगर तुमने हाँ नहीं कहा तो मेरे पास प्यार करने के लिए समय नहीं है	आप बोल सकते हैं, अगर तुम्हारी रुचि सिर्फ सेक्स में है तो तुम मेरा समय बरबाद कर रहे हो

9. बाह्य सहवास क्या है?

• Outer course/बाह्य सहवास से महिला कभी भी गर्भवती नहीं होती हैं, यदि वीर्य महिला के योनि में नहीं गिरता है। यह यौन जनित रोगों से बचाता है, इसके कोई हारमोनस दुष्प्रभाव नहीं है तथा इससे यौन क्रीडा ज्यादा वक्त तक आनंनदायक होता है।

बाह्य सहवास से दोनों साथी काफी संतुष्ट रहते हैं तथा युवाओं का तनाव काफी कम हो जाता है।

लेकिन बाह्य सहवास यौन क्रीडा की तरह होता है तथा इसके बाद योनि सहवास की इच्छा हो सकती है और प्राय: दोनों साथी किसी भी गर्भनिरोधक का प्रयोग नहीं करते हैं। इसलिए कभी–कभी यह दुधारी तलवार की तरह होता है।

• शिश्न या Penis को योनि मार्ग में डाले बिना यौन क्रीडा को outer course कहते हैं।

स्त्री-पुरुष का शारीरिक संबंध इस तरह से भी कायम रखा जा सकता है जैसे स्पर्श करना, चूमना, आलिंगन देना या Masterbation.

- उत्तेजक मालिश, शरीर को रगड़ना।

3.1 Barrier

1. Barrier गर्भनिरोधक क्या है?

उत्तर—गर्भनिरोधन ऐसे तरीके हैं जिनके प्रयोग से स्पर्म (शुक्राणु) को महिला प्रजनन अंगों के अंदर जाने से रोका जाता है। इसका सबसे प्रचलित रूप है पुरुषों द्वारा इस्तेमाल किया जानेवाला कंडोम है।

कुछ और कम प्रचलित तरीके हैं, जिनका उपयोग महिलाएँ कर सकती हैं कंडोम, डायफ्राम एवं Cervical Cap।

कंडोम एक पतली झिल्ली की तरह होता है, जिसे शिश्न पर लगाया जाता है। कंडोम गर्भनिरोधक एकमात्र ऐसा उपाय है, जिससे संभोग के द्वारा होनेवाले संक्रमणों से सुरक्षा मिलती है।

अतः यह उन लोगों के लिए खासतौर पर उपयोगी है, जिनमें संक्रमण के खतरे ज्यादा हैं।

2. कंडोम के सही प्रयोग का क्या तरीका है?

उत्तर—कंडोम के पैकेट को सावधानीपूर्वक खोलें।

—उसे लगाने के पहले नहीं खोलें।

—हमेशा शिश्न के कड़े होने पर लगाएँ।

—कंडोम को धीरे-धीरे खोलकर पूरे शिश्न को ढँकना चाहिए

—संभोग के पहले लगाएँ

—वीर्य पतन के बाद कंडोम को एक किनारे से पकड़कर सावधानी से लिंग एवं कंडोम को योनि से बाहर निकालें।

—कंडोम को फेंक दें।

—वैसलीन या पेट्रोलियम जैली का इस्तेमाल Lubricator के रूप में नहीं करें। इसकी जगह ky jelly इस्तेमाल करें।

—एक कंडोम को सिर्फ एक बार इस्तेमाल करें।

—पुराने या फटे कंडोम को फेंक दें।

—अगर कंडोम का उपयोग शुक्राणु विरोधी रसायन के साथ किया जाए तो यह विशेष रूप से असरकारक है।

—अगर कंडोम फट जाए तो आपातकालीन गर्भनिरोधक का इस्तेमाल करें।

3. कंडोम के फायदे और नुकसान बताएँ?

उत्तर—**फायदे**

—सुरक्षित।

—किफायती और आसानी से उपलब्ध।

—सही उपयोग से संक्रमण से बचाव (एच.आई.वी.)।

—प्रयोग में आसानी।

—कोई दुष्प्रभाव नहीं।

नुकसान

—बाकी तरीकों की तुलना में सफलता कम (90 प्रतिशत)

—यौन आनंद में कमी

—स्त्री-पुरुष के सहयोग की आवश्यकता

—कभी-कभी कंडोम फट जाता है या निकल आता है।

Barrier Contraceptive

लेकिन इनसे इस्तेमाल करने में असुविधा, एलर्जी होने, संक्रमण का खतरा बढ़ जाता है। कुछ महिलाएँ इसे प्रयोग करने में कठिनाई

अनुभव करती हैं तथा सहवास में असुविधा अनुभव करते हैं।

युवा जोड़े जो प्रायः योनि सहवास करते हैं इस तरीके को काफी पसंद करते हैं।

4. Barrier Contraceptive के अन्य प्रकार डायफ्राम, Cervical Cap इत्यादि इनकी सफलता 71 प्रतिशत से 94 प्रतिशत तक है। इन तरीकों के उपभोग को सीखना पड़ता है।

उत्तर—इन्हें छह महीने तक फिर से प्रयोग कर सकते हैं।

5. महिलाओं के उपयोग में आनेवाला कंडोम क्या है?

उत्तर—यह पॉलीयूरीथेन से बना एक पाउच है, जो योनि के अंदर एक लाइनिंग की तरह फिट होता है। इसकी सफलता 79 से 96 प्रतिशत है।

फायदे

—ज्यादा आरामदेह।

—ज्यादा सुरक्षित।

—ज्यादा सुविधाजनक।

—ज्यादा मजबूत।

—यौन संक्रमण को रोकता है।

नुकसान

—लगाने और हटाने में दिक्कत।

6. शुक्राणु विरोधी रसायन क्या है?

उत्तर—यह रसायनिक क्रीम अथवा फोमिंग गोलियों के रूप में या योनि मार्ग में रखने योग्य चीजों के रूप में उपलब्ध है। इनके कारण

शुक्राणु की निषेचन करने की क्षमता खत्म होती है। इनका प्रभाव अंदर डालने के 15 मिनट बाद शुरू होकर करीब 1 घंटे तक असर रहता है।

फायदे

—कंडोम के इस्तेमाल के रूप में ज्यादा प्रभावी।

—शरीर के अन्य भागों पर कोई असर नहीं होता।

—आसान इस्तेमाल।

नुकसान

—अन्य तरीकों से कम प्रभावी।

—लोकल एलर्जी की संभावना।

—केवल थोड़े समय के लिए असरकारक।

—संक्रमण से कोई बचाव नहीं।

3.2 गर्भ-निरोधक गोलियाँ

उत्तर—इन गोलियों में इस्ट्रोजेन एवं प्रोजेस्टेरोन होता है, जो Ovulation को रोकता है। इनके नियमित प्रयोग से गर्भ नहीं ठहरता है।

दो प्रकार हैं—

टाइप	हारमोन
संयुक्त OCP	इस्ट्रोजेन एवं प्रोजेस्टेरोन
प्रोजेस्टेरोन की गोली या मिनिपिल	प्रोजेस्टेरोन

इस्ट्रोजेन की मात्रा के अनुसार गोलियाँ तीन प्रकार की होती हैं—

संयुक्त OCP के प्रकार	इस्ट्रोजेन की मात्रा in μgm
स्टैन्डर्ड डोज O.C.P.	50
Low Dose	30-35
Very Low Dose	20-25

1. गर्भनिरोधक गोलियों के असर करने का तरीका क्या है ?

गर्भनिरोधक गोली निम्नलिखित तरीके से कार्य करती है।

पिल	**कार्य करने का तरीका**
संयुक्त OCP	—गोलियाँ Ovulation को रोकती हैं। —Cervix के लसलसे पदार्थ को गाढ़ा करती है। —गर्भाशय की झिल्ली में परिवर्तन।
मिनि पिल	—Cervix के Mucus को गाढ़ा बनाती है। —Ovulation पर रोक।

ये गोलियाँ अगर सही तरीके से ली जाएँ तो 99.7 प्रतिशत की दर तक प्रभावकारी होती हैं।

2. गर्भनिरोधक गोलियों के फायदे और नुकसान क्या हैं ?

उत्तर—संयुक्त पिल

(1) प्रभावकारी—अगर सही तरीके से इस्तेमाल किया जाए तो 99 प्रतिशत

(2) बंद करने के तुरंत बाद गर्भधारण संभव

—कभी भी बंद किया जा सकता है।

—संभोग पर कोई बाधा नहीं।

गर्भनिरोधक के अलावा भी कई फायदे हैं—

(1) मासिक धर्म को नियमित रखता है।

(2) गर्भाशय एवं ओवरी के कैंसर से बचाता है।

(3) संक्रमण एवं ectopic प्रेगनेंसी से सुरक्षा।

(4) स्तन के गाँठों में कमी।

(5) रक्ताल्पता से बचाव।

प्रोजेस्टेरोन गोली का खास लाभ—

—माँ के दूध की मात्रा में कोई कमी नहीं।

—ऐसी महिलाएँ, जो किन्हीं कारणों से इस्ट्रोजेन नहीं इस्तेमाल कर सकतीं इन गोलियों को ले सकती हैं।

नुकसान

(1) नियमित इस्तेमाल आवश्यक।

(2) स्तन तथा ओवरी में सिस्ट या ट्यूमर जो कैंसर की श्रेणी में न आते हों उन्हें होने नहीं देती।

कुछ साधारण परेशानियाँ उभर सकती हैं

(1) जी मिचलाना

(2) सिर दर्द।

(3) अचानक योनि मार्ग से खून का बहाव।

(4) वजन का बढ़ना।

(5) चिड़चिड़ा, चक्कर आना।

गंभीर कुप्रभाव

—पैर की नसों में रक्त के थक्के का जमना।

—उच्च रक्तचाप।

गर्भ निरोधक गोलियाँ कम उम्र की महिलाओं के लिए खास तौर पर उपयोगी हैं।

4. किन-किन स्थितियों में इनका उपयोग वर्जित है ?

उत्तर—

—गर्भावस्था

—योनि से रक्तस्राव।

—स्तन का कैंसर।

—यकृत की खराबी, पीलिया।

—जो धूम्रपान करते हैं।

—जिनमें हृदय रोग की संभावना ज्यादा हो।

(क) उच्च रक्तचाप

(ख) मधुमेह

(ग) जिन्हें पक्षाघात हुआ हो

(घ) पैर की नसों में रक्त का थक्का जमना

सरदर्द या माइग्रेन्स

5. इन्हें सही तरीके से कैसे लिया जाए?

उत्तर—गोली रोज किसी निश्चित वक्त खानी चाहिए। पहला पैकेट मासिक शुरू होने के सातवें दिन के अंदर शुरू करनी चाहिए। जिस दिन माहवारी शुरू हो उस दिन को 1 मानकर गिनती शुरू कर पाँचवें दिन से गोली शुरू करनी चाहिए। इनकी संख्या 21 या 28 हो सकती है। 21 गोलियों के पैकेट में सात दिन के अंतराल के बाद फिर से नया पैकेट शुरू करते हैं।

28 गोलियों के पैकेट के (21 उजली एवं 7 लाल गोलियाँ होती हैं) पहले उजली और फिर लाल गोलियों को लिया जाता है। इस प्रकार की गोली को लगातार लिया जाता है।

प्रोजेस्टेरोन की गोली को एक बार रोज लिया जाता है।

6. गोलियों को लेते समय सामान्यतः क्या समस्याएँ होती हैं? भूल जाने पर क्या करना होगा?

उत्तर—गोलियों को लेते समय चार सामान्य गलतियाँ होती है।

(क) बीच में ही छोड़ देना।

(ख) गलत जगह से शुरू करना।

(ग) गोली खाना भूल जाना।

(घ) देर से शुरू करना।

अगर गोलियों को लेना भूल जाएँ तो

—अगर एक दिन भूल जाएँ तो याद पड़ते ही ले लें और आगे क्रमवार तरीके से लेते रहें।

—दो-तीन दिनों तक भूलने पर

—गोलियों को लगातार लें।

—एक और गर्भनिरोधक पद्धति का उपयोग करें जैसे कंडोम

यह अवधि सात दिनों तक की होनी चाहिए, जब तक सात और गोलियों का इस्तेमाल न किया जाए।

3.3 कुछ और हारमोनल तरीके

1. गर्भनिरोधक सूई क्या है?

उत्तर—यह दो तरह की होती है। एक में सिर्फ प्रोजेस्टेरोन होता है और दूसरे में इस्ट्रोजेन और प्रोजेस्टेरोन दोनों होता है।

इनकी काररवाही है Ovulation को रोकना, Cervix के म्यूकस को गाढ़ा करना और गर्भाशय की झिल्ली को अनुपयुक्त बनाना।

इनका उपयोग वर्जित है यदि—

—महिला गर्भवती हो।

—स्तन कैंसर हो।

—योनि से अकारण रक्तस्राव हो।

2. फायदे और गैर-फायदे

उत्तर—**फायदे**

—बेहद प्रभावशाली।

—उपयोग करना आसान।

—संभोग में कोई बाधा नहीं।

—दूध पिलानेवाली महिलाएँ इस्तेमाल कर सकती हैं।

—गर्भनिरोधन के अलावा भी कई फायदे।

गैर-फायदे

—बंद करने पर गर्भधारण में देर (नौ महीने तक)।

—अनियमित रक्तस्राव।

—मासिक का रुक जाना।

—वजन बढ़ना।

—सिर में दर्द।

—जी मिचलाना

—गर्भधारण की क्षमता पर कोई स्थायी कुप्रभाव नहीं।

3. गर्भनिरोधक इमप्लांट क्या है?

उत्तर—प्लास्टिक कैप्सूल या दियासिलाई की तीलियों की तरह होते हैं, इनके अंदर प्रोजेस्टेरोन भरा होता है।

इमप्लांट को चमड़े के नीचे लगाया जाता है।

इनसे धीरे-धीरे प्रोजेस्टेरोन निकलता है जो गर्भधारण को रोकता है।

यह पाँच वर्षों तक प्रभावकारी रहता है और 99 प्रतिशत सफलता दर है।

फायदे

—संभोग में बाधा नहीं।

—रोज याद करने की आवश्यकता नहीं।

—इस्ट्रोजेन से होनेवाले कुप्रभावों से बचाव।

गैर-फायदे

—अनियमित मासिक धर्म।

—इन्हें लगाने और हटाने की आवश्यकता होती है।

4. गर्भनिरोधक पैच क्या है ?

उत्तर—यह प्लास्टिक की पतली झिल्ली है जिसे पेट पर या कमर पर हर हफ्ते लगाया जाता है।

पैच इस्ट्रोजेन एवं प्रोजेस्टेरोन रिलीज करता है एवं ovulation को रोकता है। इसकी सफलता दर 99.7 प्रतिशत है। इसको लगाना सुविधाजनक है, क्योंकि रोज नहीं लगाना पड़ता है। इसका खयाल रखना चाहिए कि गिर न जाए।

5. गर्भनिरोधक वलय या रिंग क्या है ?

उत्तर—यह एक छोटे रिंग की तरह होता है, जिसे योनिमार्ग के अंदर तीन हफ्ते के लिए लगाया जाता है और चौथे हफ्ते में निकाल दिया जाता है। यह इस्ट्रोजेन एवं प्रोजेस्टेरोन हारमोन रिलीज करता है एवं इसकी सफलता दर 99.7 प्रतिशत है। यह यौन संक्रमण से कोई बचाव नहीं करता है और कभी-कभी अधिक स्राव हो सकता है।

गर्भावस्था को 1 महीने तक रोकता है और इसे स्वयं लगाया जा सकता है। इसे लगाने और निकालने में परेशानी नहीं होती।

6. गर्भनिरोधन फिल्म क्या है ?

उत्तर—वी.सी.एफ. एक छोटे से चौकोर फिल्म की तरह होता है, जो योनि मार्ग के अंदर घुलकर स्पर्मिसाइड की तरह काम करता है। इसे संभोग के 12 मिनट पहले लगाया जाता है। इसकी सफलता दर 40 प्रतिशत है।

3.4 सही चुनाव

1. कौन से तरीके युवा वर्ग के लिए उपयुक्त नहीं हैं ?

उत्तर— (क) बंध्याकरण

(ख) वीर्य वहन से पूर्व ही पेनिस को बाहर निकालना।

(ग) आ.यू.डी.।

(घ) प्राकृतिक तरीके।

(क) बंध्याकरण स्थायी उपाय है। महिलाओं में इसे ट्यूवेक्येमी एवं पुरुषों के लिए वैसेकटोमी किया जाता है। इसकी सफलता दर 99.9 प्रतिशत है। अगर भविष्य में और बच्चे की चाह हो तो यह एक अनुपयुक्त तरीका है। सामान्यत: 30 वर्ष से कम उम्र में बंध्याकरण की सलाह नहीं दी जाती है।

(ख) Coitus interruptus

—युवा वर्ग में सही तरीके से करने के लिए आवश्यक नियंत्रण एवं अनुभव की कमी।

—यौन स्खलन समय से पूर्व भी हो सकता है

—यौन स्खलन के पहले स्पर्म के निकलने से गर्भ रह सकता है।

(ग) आई.यू.डी.—यह एक प्लास्टिक की बनी चीज होती है, जिसे गर्भाशय के अंदर लगाया जाता है। यह एक T के आकार का होता है (3.6 सेमी. X 3.2 सेमी.)। इसके खड़े भाग में हारमोन या कॉपर होता है, जो गर्भाशय को गर्भ ठहरने के लिए अनुपयुक्त बनाता है।

इसके प्रयोग से यौन संक्रमण से कोई सुरक्षा नहीं होती है। इसका प्रयोग वैसी महिलाएँ कर सकती हैं, जिनको कम-से-कम एक बच्चा हो।

(घ) गर्भनिरोधक के स्वाभाविक तरीके का प्रयोग भी युवा वर्ग के लिए संभव नहीं है।

2. आपातकालीन गर्भनिरोधक क्या है?

उत्तर—अगर बिना किसी गर्भनिरोधक के संभोग किया जाए तो आपातकालीन गर्भनिरोधक के द्वारा गर्भावस्था को रोका जा सकता है।

निम्नांकित अवस्था में इसकी आवश्यकता होती है—

—कंडोम का फट जाना।

—गर्भनिरोधक गोली का भूल जाना।

—बलात्कार।

इसके दो प्रकार हैं—

(1) जन्मनियंत्रक गोली।

(2) आई.यू.डी.।

इन गोलियों में इप्ट्रोजेन और प्रोजेस्टेरोन होता है जिसे 72 घंटे के भीतर लेना चाहिए। इसकी सफलता दर 75-89 प्रतिशत है।

मितली, उल्टी या पेट के दर्द जैसी दिक्कतें हो सकती हैं। सिर्फ प्रोजेस्टेरोन की गोली लेने से कम दिक्कत होती है।

गोली		खुराक
Combined OCP	इस्ट्रोजेन+ प्रोजेस्टेरोन	दो गोली तुरंत एवं 12 घंटे के बाद फिर दो गोली
प्रोजेस्टेरोन	लीवोनॉरदेस्ट्रेल	.75 मि.ग्रा. लीवोनॉप्वेष्ट्रल और 12 घंटे के बाद फिर से

आई.यू.डी.—इसे 1 हफ्ते के अंदर लगाया जा सकता है। इसकी सफलता दर 99.9 प्रतिशत है। इमरजेंसी गर्भनिरोधक डॉक्टर की सलाह से लेना चाहिए। अगर कोई पहले से ही गर्भवती है तो इसका इस्तेमाल नहीं करना चाहिए।

4. कैसे पता चले कि कोई गर्भवती है ?

उत्तर—मासिक का रुक जाना गर्भ ठहरने का पहला लक्षण है। इसके अलावा सुबह में उल्टी होना। स्तन का भारीपन, बार-बार पेशाब

आना, थकान का अनुभव इत्यादि लक्षण भी हो सकते हैं।

इसकी संपुष्टि पेशाब की जाँच से की जाती है। अल्ट्रासाउंड के द्वारा भी पता किया जा सकता है।

5. युवा वर्ग के लिए गर्भ के क्या दुष्परिणाम हो सकते हैं ?

उत्तर—रक्ताल्पता।

—उच्च रक्तचाप।

—प्रसव की दिक्कतें।

—गर्भपात/असुरक्षित गर्भपात।

—मनोवैज्ञानिक/मानसिक आघात।

6. गर्भ ठहर जाने के बाद क्या किया जा सकता है ?

उत्तर—इसे या तो समाप्त किया जा सकता है या प्रसव तक जारी रखा जा सकता है। (माता-पिता की इच्छा एवं परिस्थितियों के अनुसार)

□

अध्याय-4

यौन-दुरुपयोग (Sexual Abuse)

4.1 रोग-विषयक/चिकित्सीय परिप्रेक्ष्य (Clinical Perspective)

1. बाल यौन-दुरुपयोग क्या है ?

उत्तर—बाल यौन-दुरुपयोग बच्चे का मानसिक या शारीरिक उल्लंघन है, जो यौन इच्छा की पूर्ति के लिए किसी वयस्क व्यक्ति के द्वारा की जाती है, जिस पर वह विश्वास करता हो या जो सामर्थ्यवान हो।

2. बाल यौन-दुरुपयोग के अंदर क्या-क्या आता है ?

उत्तर—जब कोई वयस्क व्यक्ति अपने जननांगों को बच्चे को दिखलाता है अथवा बच्चे से उसे जननांगों का प्रदर्शन करवाता है, बच्चे को अश्लील साहित्य में सम्मिलित करता है अथवा अश्लील साहित्य देता है अथवा मुख, गुदा या योनि मैथुन करता है अथवा वयस्क व्यक्ति द्वारा बच्चे का गुप्तांग छूना अथवा बच्चे द्वारा अपना गुप्तांग छुआना, मौखिक या यौन इशारा करना अथवा किसी भी वयस्क द्वारा किसी बच्चे को राजी कर यौन क्रिया को सम्मिलित करना बाल यौन-दुरुपयोग के अंतर्गत आता है।

3. दुरुपयोग करनेवाले कौन होते हैं ?

उत्तर—दुरुपयोग करनेवाला सामान्यतः वह व्यक्ति होता है, जो कि बच्चे का विश्वास तोड़ता है। अपनी शक्ति एवं पद का सहारा लेकर बच्चे को चालाकी से धमकाकर अथवा समझाकर यौन-प्रक्रिया में भाग लेने के लिए मजबूर करता है।

4. दुरुपयोग साधारणतः कहाँ होता है ?

उत्तर—यौन-दुरुपयोग साधारणतः घर के परिचित वातावरण में होता है और इसमें शारीरिक हिंसा होना जरूरी नहीं है और यह लंबे समय तक भी चलता रह सकता है।

5. बाल यौन-दुरुपयोग में सामाजिक आर्थिक या लिंग का भी पूर्वाग्रह होता है ?

उत्तर—नहीं। बाल यौन-दुरुपयोग पुरुष या महिला दोनों लिंगों में होता है। इस दुरुपयोग में उम्र, लिंग, जाति या संस्कृति का कोई पूर्वाग्रह नहीं होता है।

6. बाल यौन-दुरुपयोग के शिकार कैसे सामने आते हैं ?

उत्तर—अधिकांशतः बच्चे स्वयं अपनी बात कहने में कि उनके साथ क्या घटित हुआ है, असमर्थ महसूस करते हैं, और वयस्क अधिकतर इनकी बात को समझ ही नहीं पाते हैं कि वे क्या कहना चाह रहे हैं।

7. हम लोग बाल-यौन-दुरुपयोग के केस को कैसे पहचान सकते हैं ?

उत्तर—इसके लक्षण और तकलीफें अनेक प्रकार के होते हैं। कभी-कभी यह अचानक ही शारीरिक अथवा व्यवहार के बदलाव द्वारा परिलक्षित होता है।

8. इसके चेतावनी के लक्षण क्या-क्या हैं ?

उत्तर—ये लक्षण हैं—अकेले एवं अंतर्मुखी रहना, अवसादग्रस्त एवं तनाव में होना, किसी खास व्यक्ति से परहेज करना, शारीरिक संपर्क से बचना, मूड बदलते रहना, गाली-गलौज एवं आक्रमक व्यवहार, स्कूल के कार्यों में घटाव, बिस्तर गीला करना, नींद के पैटर्न में परिवर्तन, किसी चीज में कम देर तक ध्यान लगाना, हिस्टीरिया, स्वयं को नुकसान पहुँचाने की प्रवृत्ति, हस्त-मैथुन, गर्भधारण, असंयम, रति-रोग, आत्महत्या की ओर उन्मुख, अचानक भावनात्मक उद्वेग इत्यादि इसकी चेतावनी के लक्षण हैं।

9. प्रताड़ित/शोषित बच्चा किसके पास जाता है ?

उत्तर—शोषित बच्चा अपने अभिभावक, शिक्षक, मित्र, डॉक्टर और कभी-कभी सामाजिक कार्यकर्ता के पास जाता है। अभिभावकों को अपने घर में अच्छा वातावरण बनाना चाहिए। शिक्षकों को भी बच्चों की जरूरतों के प्रति और अधिक जागरूक एवं सतर्क होना तथा ध्यान देना चाहिए।

10. हम लोग घर के वातावरण को और अच्छा कैसे बना सकते हैं ?

उत्तर—इसके लिए बच्चे और अभिभावक में दोस्ती का संबंध होना चाहिए। माता-पिता को अपने बच्चों को पूरा समय देना चाहिए। उन्हें अपने बच्चों पर पूरा विश्वास करना चाहिए और उन्हें पूरा सहारा देना चाहिए।

11. हम लोगों को उत्पीड़ित बच्चे को कैसे समझाना चाहिए ?

उत्तर—हम लोगों को याद रखना चाहिए कि बच्चा भी एक व्यक्ति है। हम लोगों को बच्चों से बच्चों की तरह बातें नहीं करनी चाहिए और न ही उन्हें छोटा ही समझना चाहिए। हमें उन पर विश्वास करना चाहिए

और उनसे अच्छा संबंध बनाना चाहिए। हमें उनकी बात धैर्यपूर्वक, समझदारी के साथ, संवेदनशील होकर एवं पूरा समय देकर साधारण भाषा में सुनना तथा समझना चाहिए। हमें उनके साथ गोपनीयता/विश्वसनीयता बनाए रखनी चाहिए।

12. हम लोग बाल-यौन-दुरुपयोग के और मामलों को कैसे पहचान सकते हैं?

उत्तर—इस कार्य के लिए 5 A's को याद रखना चाहिए—

—एलर्ट (Alert)—सतर्क होना

—अवेयर (Aware)—जागरूकता

—अटेंटिव (Attentive)—ध्यान रखना

—एटिट्यूड (Attitude)—मनोवृत्ति

एक्शन टाइम (Action Time)—सही समय पर काररवाई

13. उत्पीड़ित बच्चे को कहाँ ले जाना चाहिए?

उत्तर—उत्पीड़ित बच्चे को किसी बाल-मित्र अस्पताल या किसी सामाजिक कार्यकर्ता के पास या पुलिस के पास ले जाना चाहिए, जिससे कि उसे जरूरी मार्गदर्शन मिल सके। एक एफ.आई.आर. भी दर्ज कराना आवश्यक है। मुंबई में नागर अस्पताल में एक मल्टी डिसीप्लीनरी कोषांग है, जो अन्य गैर-सरकारी संगठनों के सहयोग से चलता है, जो इसी कार्य के लिए है एवं चाइल्ड लाइन टोल फ्री फोन नं.-1098।

14. यदि किसी के बच्चे का यौन-दुरुपयोग होता है तो उसके माता-पिता को क्या करना चाहिए?

उत्तर—माता-पिता को परामर्श देना चाहिए कि वे घबराएँ नहीं और न ही आलोचनात्मक हों। वे अपने बच्चे को ढाढ़स बँधाएँ तथा उसे बातचीत करने के लिए प्रोत्साहित करें। वे इस बात पर जोर डाले कि

बच्चे ने कुछ भी गलत नहीं किया है, बच्चे का विश्वास करें तथा दोषी व्यक्ति के खिलाफ खड़ा होना चाहिए।

15. हम लोग बाल-यौन-दुरुपयोग के केस को कैसे पहचान सकते हैं?

उत्तर—इसके लिए अस्पताल में सर्वप्रथम एक विस्तृत केस हिस्ट्री तैयार किया जाता है और उसमें खतरे के चिह्नों को पहचानना चाहिए। बच्चे के मनोवृत्ति पर विशेष ध्यान देते हुए, उसकी चिकित्सकीय जाँच करानी चाहिए। बच्चा भयभीत, अन्यमनस्क, अजनबी से परहेज तथा शारीरिक स्पर्श से हिचकता हुआ हो सकता है। उसके पहनावे, मनोवृत्ति अथवा आचार-व्यवहार, हिंसा के चिह्नों जैसे नाखून के खरोंच, दाँत काटना, गुप्तांग के सूजन, हाईमेन के फटने, रक्तस्राव, पेरेनियम के फटने इत्यादि चिह्नों पर विशेष ध्यान देना चाहिए।

16. पीड़ित बच्चे की छानबीन कैसे करते हैं?

उत्तर—इसमें रूटीन रक्त जाँच, एक्सरे चिकित्सकीय कानून के अनुसार नमूना इकट्ठा करना, विस्तृत जाँच करना तथा सभी बातों का अभिलेख रखना सम्मिलित है।

17. प्रताड़ित बच्चे पर इसके क्या कुप्रभाव तथा कुपरिणाम हो सकते हैं?

उत्तर—प्रताड़ित बच्चा कई प्रकार के मनोवैज्ञानिक और Interpersonal समस्याओं से ग्रसित हो सकता है। यौन-दुरुपयोग के तुरंत बाद के समय में बच्चा अधिकतर लज्जित होता है तथा गलत तरीके से जीवन जीने की कला सीख सकता है। बच्चा स्वयं को कैद, बेबस, अकेला एवं कुंठित महसूस करता है। वह स्वयं के नकारात्मक पक्ष का विकास कर सकता है एवं स्वयं को असहाय महसूस करता है।

18. क्या इसका कोई दूरगामी प्रभाव भी होता है ?

उत्तर—प्रताड़ित बच्चे के जीवन में भविष्य में उसके मानसिक स्वास्थ्य में समस्याएँ उत्पन्न हो सकती हैं। भविष्य में वैवाहिक समस्याएँ, बच्चे के पालने में समस्याएँ, आत्महीनता का बोध एवं वह आचार-व्यवहार की समस्याओं से भी ग्रसित हो सकता है।

19. हम अपने बच्चे की रक्षा कैसे कर सकते हैं ?

उत्तर—हमें अपने बच्चों के साथ अच्छी समझदारी विकसित करना चाहिए। बच्चों को अपनी भावनाओं को व्यक्त करने देना चाहिए तथा यदि वे अपने वर्तमान से खुश न हों तो उनसे पूछना चाहिए। बच्चे के साथ सरल भाषा में बातें करनी चाहिए। बच्चे को अपनी सारी भावनाओं को व्यक्त करने के लिए प्रोत्साहित करना चाहिए, उसे सही और गलत स्पर्श के अंतर को बतलाना चाहिए। बच्चे को अपने शरीर पर अपने अधिकार के बारे में बताना चाहिए, विशेष रूप से नहीं कहने के अधिकार के विषय में। यदि बच्चा नहीं न कह सके तो उसके बदले में स्वयं आगे आना चाहिए। बच्चा कब कहाँ है, किसके साथ है, और कितनी देर से है—इसकी पूरी खबर रखनी चाहिए। बच्चे की कही हुई बातों पर विश्वास करना चाहिए। उसके स्वभाव के परिवर्तन के बारे में सतर्क रहना चाहिए। यदि कोई वयस्क जरूरत से ज्यादा ध्यान दे रहा हो तो उस पर निगाह रखना चाहिए और बच्चे के हमेशा पहुँच में रहना चाहिए।

20. क्या हमें बाल-यौन-दुरुपयोग के मामलों के बारे में चुप रहना चाहिए ?

उत्तर—कभी नहीं। खामोश रहने से अकसर समस्या बढ़ जाती है। बच्चों को इतनी शक्ति होनी चाहिए कि वे यौन-दुरुपयोग की शिकायत कर सकें और वयस्कों को भी बच्चों को बचाने के लिए उचित कदम उठाना चाहिए।

□

अध्याय-5

मेडिको लीगल (Medico Legal)

(यौन-दुरुपयोग–अकसर पूछे जानेवाले प्रश्न)

1. यौन-दुरुपयोग क्या है ?

उत्तर—सामान्य परिकल्पना में यौन दुरुपयोग मौन अपराध का पर्यायवाची शब्द माना जाता है। साधारणत: यौन-दुरुपयोग और यौन अपराध शारीरिक संदर्भ में एक ही अर्थ में प्रयुक्त होते हैं। इनका अर्थ है कानूनी रूप से वर्जित यौन क्रियाएँ। यह उन यौन क्रियाओं की ओर भी संकेत करता है जिनकी भर्त्सना सामाजिक रूप से की जाती है। परंतु आज के आधुनिक परिकल्पनाओं में इसका अर्थ काफी बड़ा है, क्योंकि यह शाब्दिक एवं मनोवैज्ञानिक दुर्व्यवहार दोनों को निरुपित करता है। यूँ तो जितने लेखक हैं, मौन दुर्व्यवहार की उतनी ही व्याख्याएँ हैं, परंतु इसकी सबसे अच्छी परिभाषा है—"कोई यौन-क्रिया, शाब्दिक, दृष्टव्य या शारीरिक, जो बिना सहमति के की जाती है, और जो भावनात्मक या शारीरिक रूप से हानिकारक होती है और जो किसी व्यक्ति को शोषित कर दूसरे व्यक्ति की शारीरिक या भावनात्मक जरूरत की पूर्ति करती है।"

यदि वह स्त्री या पुरुष परिस्थितिवश या समझदारी के अभाव में या आश्रित होने के कारण या अपराधी से रिश्ते के कारण तर्कसंगत रूप से सहमति नहीं दे सकता है, परंतु असहमति जताने में असमर्थ है तो उसे उसकी असहमति ही मानी जानी चाहिए।

पूरे संसार में यौन-दुरुपयोग अब मानवाधिकार का उल्लंघन माना जाता है।

2. यौन अपराध क्या है ?

उत्तर — यौन अपराध वह क्रिया है, जो कि यौन सुख की प्राप्ति की नीयत से सामाजिक और कानूनी नियमों की अवहेलना करते हुए प्राकृतिक विपरीत लिंगी सहवास के खिलाफ किया जाता है और इसीलिए वह गैर-कानूनी भी है।

3. यौन अपराध कितने प्रकार के होते हैं ?

उत्तर—यौन अपराध को निम्न प्रकारों में बाँटा जा सकता है—

1. प्राकृतिक—पारिवारिक व्याभिचार, परस्त्रीगमन तथा बलात्कार।

2. अप्राकृतिक—समलैंगिक संबंध, गुदा-मैथुन, पशुवत, मुख-मैथुन और स्त्री समलिंगीकामुकता।

3. काम विकृतियाँ—फैंटिसिज्म भिन्नलिंगी वेश धारण, कामांग प्रदर्शन/दृश्यरतिक, परपीड़न कामुकता/पर-पीड़ित कामुकता।

4. पारिवारिक व्याभिचार क्या है ?

उत्तर—रक्त संबंध से जुड़े दो व्यक्तियों के बीच होनेवाला यौन संबंध, जिसे सामाजिक, धार्मिक अथवा कानूनी रूप से मान्यता प्राप्त नहीं हो।

5. क्या भारत में पारिवारिक व्याभिचार दंडनीय अपराध है ?

उत्तर—चूँकि भारत के कई समाजों में नजदीकी रक्त-संबंधियों के साथ विवाह स्वीकृत हैं, अतः भारतीय दंड संहिता के द्वारा यह दंडनीय अपराध नहीं है, जब तक कि यह बलात्कार या परस्त्रीगमन का रूप नहीं ले लेता है। उस परिस्थिति में यह उपयुक्त धाराओं के अंतर्गत दंडनीय होगा।

6. परस्त्रीगमन क्या है?

उत्तर—परस्त्रीगमन—यह एक एच्छिक प्राकृतिक सहवास है जो एक विवाहित मर्द और किसी अन्य औरत, जो उसकी कानूनन विवाहिता पत्नी नहीं हो या एक विवाहित स्त्री एवं किसी अन्य पुरुष जो उसका कानूनन विवाहित पति न हो के बीच होता है।

7. क्या भारत में परस्त्रीगमन एक दंडनीय अपराध है?

उत्तर—भारतीय दंड संहिता के निम्नलिखित धाराओं के अंतर्गत परस्त्रीगमन एक दंडनीय अपराध है—

(क) 497

कोई भी व्यक्ति किसी दूसरी स्त्री के साथ यौन सहवास करता है, जो किसी दूसरे की पत्नी है, जिसे वह जानता हो अथवा विश्वास करता है कि वह दूसरे की पत्नी, उस दूसरे पुरुष (पति) की सहमति या सहयोग के बिना होता है तो वह सहवास बलात्कार के लिए दंडनीय न होकर बल्कि परस्त्रीगमन के अपराध के लिए दंडनीय है। इस तरह की घटनाओं में पत्नी सहभागी के रूप में दंडित नहीं होती है।

(ख) 498

कोई भी व्यक्ति यह जानते हुए दूसरे की पत्नी को अथवा किसी दूसरे की पत्नी मानते हुए उसे उसके पति या किसी दूसरे व्यक्ति, जो उसका संरक्षक हो अथवा उसके पति के बदले में संरक्षक हो उसे इस इरादे से ले जाता है कि उसका अवैध सहवास किसी दूसरे व्यक्ति के साथ हो या इसके लिए उसे छुपाता है या उसे रोक रखता है इत्यादि।

कृपया ध्यान दें कि परस्त्रीगमन के विषय में भारतीय दंड संहिता की स्थिति विचित्र है कि—

(1) सिर्फ पुरुष ही परस्त्रीगमन के मामलों में दोषी ठहराए जा सकते हैं, जबकि इस मामले में (समाज की नजर में) स्त्री भी उतनी ही दोषी है, क्योंकि उसने भी अपनी सहमति उस क्रिया के लिए दी थी।

(2) दोषी पुरुष भी सिर्फ उस महिला, उसके साथ उसने सहवास किया, के पति के द्वारा ही अपराधी ठहराया जा सकता है। यदि वह दोषी पुरुष विवाहित हुआ तो उसकी पत्नी उसे परस्त्रीगमन पत्र अभियोग भा.दं.सं. की धारा 497 के अंतर्गत नहीं लगा सकती है, परंतु वह उसे परस्त्रीगमन के कारण तलाक देने के लिए मुकदमा दायर कर सकती है।

8. बलात्कार क्या है?

उत्तर—चिकित्सकीय विज्ञान में बलात्कार नाम की कोई चीज भी नहीं है। यह एक सामाजिक तथा कानूनी विचारधारा है जिसकी उत्पत्ति स्त्री को संपत्ति मनाने के कारण हुई है। भा.द.सं. की धारा 375 में इसकी परिभाषा इस प्रकार है—

कोई भी पुरुष बलात्कार का अभियुक्त है जो निम्नलिखित परिस्थितियों में से किसी एक परिस्थिति में भी किसी भी स्त्री से यौन संबंध बनाता है।

प्रथम—स्त्री की इच्छा के विरुद्ध (बलपूर्वक)।

द्वितीय—स्त्री की सहमति के बिना (बलपूर्वक)।

तीसरा—स्त्री की सहमति के साथ, जबकि वह सहमति उसे या उसके किसी प्रिय व्यक्ति की मृत्यु या चोट। हानि का डर दिखाकर प्राप्त किया गया हो।

चौथा—उस स्त्री की सहमति के साथ परंतु जब वह पुरुष जानता है कि वह स्त्री का पति नहीं है पर वह स्त्री उस पुरुष को वह व्यक्ति समझती है या मानती है जिसके साथ उसका विधिवत विवाह हुआ या और इसीलिए उसने सहमति दी है।

पाँचवाँ—उस स्त्री की सहमति के साथ जबकि सहमति देने के समय उसकी मानसिक स्थिति खराब हो, नशे में हो या उस पुरुष द्वारा या किसी अन्य के द्वारा दिए हुए मादक या किसी अखाद्य पदार्थ के खाने के कारण वह अपनी सहमति के कारण होनेवाले कार्य के दुष्परिणाम या प्रकृति को समझाने में असमर्थ हो।

छठा—उस स्त्री की सहमति या असहमति के साथ भी, यदि वह स्त्री 16 वर्ष से कम आयु की हो।

व्याख्या—बलात्कार का अपराधी बनाने के लिए लिंग का अंदर जाना ही यौन-सहवास को परिभाषित करने के लिए पर्याप्त है।

अपवाद—किसी पुरुष का अपनी पत्नी के साथ बलपूर्वक यौन संबंध बनाना यदि उसकी पत्नी 15 वर्षों से कम की नहीं हो तो, बलात्कार नहीं कहलाता है।

राज्यानुसार संशोधन (1950 का अधिनियम 30)—केंद्रशासित प्रदेश मणिपुर

(क) छठी धारा में 16 शब्द की जगह पर 14 होगा।

(ख) अपवाद में शब्द 15 को शब्द 13 से बदला गया है।

9. बलात्कार की शिकार महिला के चिकित्सकीय विधि-विधान के जाँच का लक्ष्य क्या होता है?

उत्तर—बलात्कार की शिकार महिला की जाँच का उद्देश्य उसका इलाज करना तथा बलात्कार संबंधी तथ्यों को सामने लाना है। शिकार महिला की चिकित्सकीय विधि-विधान द्वारा की गई जाँच तथ्यों को सामने लाने का काम करती है और निम्नलिखित प्रश्नों के उत्तर मिलते हैं—

(1) क्या पीड़िता के साथ यौन-संबंध हुआ है?

(2) यदि हाँ तो

(क) क्या वह यौन संबंध बलपूर्वक था?

(ख) वह यौन संबंध कितनी देर पहले हुआ था?

(ग) क्या शिकार महिला का इसके पूर्व कौमार्य भंग नहीं हुआ था?

(घ) क्या इस यौन संबंध के कारण शिकार महिला पर कोई शारीरिक या मनोवैज्ञानिक दुष्प्रभाव होगा?

(3) यदि शिकार की सहमति का प्रश्न उठा तो

(क) शिकार महिला की उम्र क्या है?

(ख) क्या वह मानसिक रूप से विक्षिप्त है?

(ग) क्या अपराध के समय वह बेहोश या अर्द्धमूर्च्छित थी?

(4) वहाँ कितने आक्रमणकारी/अभियुक्त थे?

(ब) क्या किसी की पहचान हो सकती है? इस प्रश्न का उत्तर तभी मिल सकता है, जबकि आक्रमणकारी ने पीड़िता के शरीर पर कुछ निशान/चिह्न छोड़े हों, जैसे कि नाखूनों के नीचे खरोंचने से मिले शरीर का उत्तक या रक्त के धब्बे जबकि उसने प्रतिरोध किया, या बाहरी प्यूबिक बाल (pubic hair) एवं वीर्य उसके जननांगों के समीप/अंदर। इन सभी पदार्थों की रक्त समूह परीक्षण (HLA Type) एच.एल.ए. टाइप एवं डी.एन.ए. फिंगर प्रिंट्स, किसी आक्रमणकारी को पहचानने में सकारात्मक रूप से सहायक हो सकते हैं।

10. शिकार स्त्री की चिकित्सकीय विधि-विधान से किया गया परीक्षण इन सभी प्रश्नों के उत्तर देने में किस तरह सहायता करता है?

उत्तर—सिर्फ शिकार स्त्री की जाँच से सभी प्रश्नों के उत्तर नहीं मिलते हैं। उनमें से बहुत सारे प्रश्नों के उत्तर आरोपी के चिकित्सकीय विधि-विधान जाँच तथा शिकार स्त्री एवं आरोपी के शरीर पर से एकत्रित किए गए साक्ष्य पदार्थों के लेबोरेटरी तथा सहायक जाँच के परिणाम पर भी निर्भर करते हैं।

(1) क्या शिकार स्त्री के साथ यौन संबंध बनाया गया था?

उत्तर—चिकित्सा जगत में यौन संबंध की परिभाषा है—योनि में पुरुष जननांग का अंदर जाकर वीर्य का उत्सर्जन। इसके अंतर्गत यौन संबंध पूरी तरह प्रमाणित तभी होता है जबकि वीर्य के गुणक—एसिड फास्फेटज, क्रिएटीन फोसफोकाइनेज (Acid phosphatase, creatine phosphokinase) या एक पूर्ण शुक्राणु (introtius) जननांग के किसी भी हिस्से से मिलता है। परंतु इसके अलावा समर्थक प्रमाणों के रूप में बाल, जननांगों पेरिनियम, हाइमेन और योनि की दीवार के अंदर चोट के निशान या प्यूबिक हेयर का शिकार के जननांगों पर होना अपने आप में निर्णायक

रूप से प्रमाणित नहीं करता है कि यौन संबंध हुआ था।

अत: स्वाब (धोबन/washings) के रासायनिक (हिस्टोकेमिकल) माइक्रोस्कोपिक परीक्षणों के बाद ही इस तरह के निर्णय दिए जा सकते हैं।

एक बड़ी समस्या तब उत्पन्न हो जाती है जबकि लिंग का योनि के अंदर जाने से कानूनी मापदंड से यौन संबंध प्रमाणित हो जाता है, परंतु चिकित्सकीय मापदंडों से (लिंग से योनि में जाकर वीर्य का उत्सर्जन) प्रमाणित नहीं हो पाता है। इन परिस्थितियों में चिकित्सकीय विधि–विधान द्वारा परीक्षण एवं प्रयोगशाला/समर्थक जाँच भी बेकार सिद्ध होंगे।

(2) यदि शिकार के साथ यौन संबंध बनाया गया है तो

(क) क्या यह यौन संबंध बलपूर्वक था?

उत्तर—इस राय को कायम करने का आधार शिकार स्त्री के शरीर के सामान्य परीक्षण करने के बाद उस पर जख्मों के निशान से लगाया जाता है। ये जख्म कलाई एवं टखनों पर बाँधने के निशान, जाँघों के भीतरी हिस्से पर चोट के निशान अथवा बाल अथवा अंदर के गुप्तांगों पर चोट के निशान जैसा 1 में ऊपर वर्णित है।

(ख) यह यौन संबंध कितनी देर पहले हुआ?

उत्तर—इस प्रश्न के उत्तर का पता निम्नलिखित तथ्यों से चल सकता है—

— यदि चोट के निशान हों तो (क) के अनुसार चोट लगने के समय का निर्धारण।

— यदि 1 में सूचित जगहों के धोवन/स्वाब के माइक्रोस्कोपिक परीक्षण में शुक्राणु मिलते हैं तो क्या वे जीवित अथवा गतिशील हैं?

(ग) शिकार महिला का कौमार्य, अपराध के पहले अक्षत था या नहीं इसका पता स्तन एवं पेट के निशान तथा जननांगों (लेबिया मेजोरा, माइनोरा, हाइमेन, वैजाइना एवं सरविक्स) के निशानों से पता चल सकता है।

(घ) आरोपित हमले के परिणाम स्वरूप होने वाले शारीरिक (रति रोग या गर्भावस्था) या मनोवैज्ञानिक (रेप ट्रामा सिंड्रोम) प्रभाव तुरंत ही सामने नहीं आते हैं। अत: चिकित्सक को तब तक अपने निर्णय को स्थगित रखना पड़ सकता है, जब तक कि रोगों के लक्षण एवं चिह्न तथा/अथवा लेबोरेटरी परीक्षणों के परिणाम किसी निश्चित नतीजे पर नहीं पहुँचाते हैं।

(3) यदि सहमति प्रदान करने की वैधता का प्रश्न हो तो—

(क) सामान्य शारीरिक बनावट, दाँतों की संरचना, सहायक यौन लक्षणों के प्रारंभ होने तथा हड्डियों में ऑसीफिकेशन सेंटर से पीड़िता स्त्री की उम्र का अंदाज लगाया जा सकता है।

(ख) एक योग्य मनोचिकित्सक द्वारा यह पता लगाया जा सकता है कि वह मानसिक रूप से विक्षिप्त तो नहीं है। चिकित्सक उसकी जाँच प्रामाणिक तरीकों से करके उसकी मानसिक स्थिति का सही मूल्यांकन कर सकता है।

(ग) यदि शिकार स्त्री की जाँच उस घटना के तुरंत बाद नहीं की गई हो (जो कि साधारणत: असंभव है) तो वह स्त्री अपराध होने के समय नशे में या किसी नशीली दवा, पदार्थ के प्रभाव में थी अथवा नहीं इस प्रश्न का उत्तर देना काफी कठिन है। यदि स्त्री की जाँच में उसके नशे में होने अथवा उसके प्रभाव में होने के तनिक भी प्रमाण मिलते हों या नशे में होने का आरोप लगाया गया हो तो रक्त एवं मूत्र के नमूनों को सही तरीके से इकट्ठा करके उन्हें संरक्षित करके उसमें मादक पदार्थ या नशीली दवा या इथाइल अल्कोहल की जाँच के लिए प्रयोगशाला में भेजना अनिवार्य हो जाता है।

(घ) क्या उस स्त्री के शरीर पर वैसे निशान वर्तमान हैं, जो कि बताते हैं कि उसने प्रतिरोध किया था? इन सभी को ऊपर 2क में सूचीबद्ध किया जा चुका है।

11. बलात्कार की शिकार महिला से कौन-कौन पदार्थ प्रमाण के रूप में जमा किया जाना चाहिए, इसकी कोई सूची-तालिका है क्या ?

उत्तर—बलात्कार की शिकार आरोपी महिला से निम्नलिखित वस्तुएँ/ पदार्थ प्रमाण के रूप में एकत्रित किया जाना चाहिए—

कपड़े—यदि शिकार महिला ने उस घटना के पश्चात् कपड़े नहीं बदले हों तो उसे पहले प्लास्टिक के थैले में रखकर भूरे कागज में लपेट दिया जाता है।

शिकार महिला को एक बड़े सफेद कागज या कपड़े पर खड़े होकर अपने पहने हुए कपड़ों को उतारने के लिए कहा जाता है और उस दौरान उसमें से गिरनेवाली सभी बाहरी पदार्थ/वस्तु को उसी पर एकत्रित किया जाता है। उस बड़े कागज/कपड़े को मोड़कर पहले प्लास्टिक के थैले में डालकर फिर उसे भूरे कागज में लपेट कर रख देते हैं।

हाथ के नाखूनों को काटकर प्रत्येक को अलग-अलग फिल्टर पेपर पर रखा जाता है और उसे चिन्हित (RT, RI, RM, RR, RL) करके प्रत्येक को अलग-अलग सेलोफेन के थैले में रख दिया जाता है। फिर सभी को एक साथ एक उजले लिफाफे में उसके निशान के साथ रख दिया जाता है।

शरीर पर रक्त एवं वीर्य के ताजे एवं सूखे धब्बों को नॉर्मल सैलाइन में भीगे स्वाब से तर कर विसंक्रमित टेस्ट ट्यूब में रखा जाता है। अथवा उसे धब्बों को प्लास्टिक के स्पैचुला से हलके से उठाकर घड़ी के काँच को इकट्ठा किया जाता है, और फिर उसे उठाकर सेलोफोन कागज के थैले में रखा जाता है।

शिकार स्त्री के प्यूबिक हेयर को कंघी कर उसमें से अन्य व्यक्ति के टूटे बालों को तथा शिकार स्त्री के बालों को भी नमूने के तौर पर इकट्ठा किया जाता है। टूटे बालों (अपरिचित व्यक्ति) तथा काटे बालों (शिकार की) को अलंग-अलग फिल्टर पेपर पर रखकर पहचान चिह्न लगा दिया

जाता है। PLH, Pc इत्यादि तथा प्रत्येक को सेलोफोन पेपर के पैकेट में रखकर निशानदेही कर उजले लिफाफे में रख दिया जाता है।

इनटरोइटस, योनि, पोस्टीरियर फॉर्निक्स और सरविक्स के धोवन/स्वाब को लेकर विसंक्रमित टेस्ट-ट्यूब में रखना चाहिए।

यूरेथ्रा के स्वाब को एक विसंक्रमित टेस्ट-ट्यूब में रखना चाहिए ताकि बाद में ग्राम स्टेन से तैयार कर सूक्ष्मदर्शी से देखा जाए और उसमें गोनो फोकस के जीवाणु को पहचाना जा सके।

रक्त के नमूने

(क) 5 मि.ली. रक्त को एक वाइल में रखते हैं, ताकि उससे शरीर तथा कपड़ों पर के ताजे एवं सूखे धब्बों से उसका रक्त ग्रुप मिलाए एवं आपसी मिलान कराया जा सके।

(ख) 10 मि.ली. रक्त को सोडियम साइट्रेट के साथ संरक्षित करा देते हैं, ताकि वह रति-रोग के सीरोलौजी के परीक्षण में काम आ सके।

(ग) 10 मि.ली. सोडियम फ्लोराइड या डबल आम्जलेट के साथ संरक्षित किया जाता है, ताकि उसका रासायनिक परीक्षण करके पता लगाया जा सके कि उसमें इथाइल अल्कोहल या अन्य कोई मादक पदार्थ मौजूद था अथवा नहीं।

मूत्र के नमूने

(क) 100 मिली. मूत्र को बराबर मात्रा में नमक के संतृप्त घोल के साथ मिलाकर संरक्षित किया जाता है। फिर उसका परीक्षण इथाइल अल्कोहल अथवा अन्य मादक पदार्थों की उपस्थिति के लिए किया जाता है।

ऊपर लिखे सभी नमूनों को शिकार स्त्री के नाम, रजिस्टर नं., क्राइम नं., थाना—जहाँ की शिकायत दर्ज की गई है या दर्ज की जाएगी, तिथि, जमा करने की तिथि एवं समय और जाँच करनेवाले डॉक्टर का नाम लिखकर

सील कर दिया जाता है। इन सभी प्रमाणों को उचित परीक्षण के लिए अनुरोध पत्र में सही ढंग एवं पूर्ण रूप से भरकर जाँच करनेवाले अधिकारी को सौंप दिया जाता है, ताकि वह उसे नजदीकी फोरेंसिक साइंस प्रयोगशाला में भिजवा दें। इन सभी प्रमाणों की एक रसीद भी उससे ले ली जाती है।

12. बलात्कार के मुकदमे में जाँच करनेवाले पुलिस अधिकारी, मुकदमा चलानेवाले वकील एवं न्यायालय के जजों द्वारा कौन-कौन से प्रश्न अकसर पूछे जाते हैं ?

उत्तर—ये प्रश्न हैं—

क्या आरोपी यौन संबंध बनाने में समर्थ है ? यह प्रश्न सामान्यत: स्त्री रोग विशेषज्ञों द्वारा गलत समझ लिया जाता है कि क्या आरोपी यौन संबंध से यौन सुख महसूस कर सकता है या नहीं? जबकि पुलिस इत्यादि का तात्पर्य यह जानना होता है वे समझते हैं कि क्या आरोपी में कुछ ऐसी विकृति है जिससे कि आरोपी यौन संबंध बनाने में असमर्थ है? इस प्रश्न को आरोपी के वकील अकसर जान-बूझकर, उत्तर देने के लिए आए हुए परामर्शी स्त्री-रोग विशेषज्ञ से अचानक ही पूछ बैठते हैं। छोटे बच्चों के साथ बलात्कार में स्त्री-रोग विशेषज्ञों की राय जानने के लिए उन्हें विशेष रूप से कोर्ट में बुलाया जाता है और वे इस प्रश्न का उत्तर निष्कपट भाव से नकारात्मक ही देते हैं।

- चिकित्सकीय विधि-विधान परीक्षण में जो हाइमन का फटना पता चला है क्या यह संभव है कि वह पहले ही किसी भारी काम, जैसे—साइकिल चलाना, घुड़सवारी, तैराकी वगैरह करने से हो गई हो? इसका उत्तर जोरदार रूप से नहीं में होना चाहिए।

—क्या एक सामान्य स्वस्थ स्त्री की सहमति के बिना और इच्छा के विरुद्ध यौन समागम संभव है ?

उत्तर—यह संभव नहीं है, जब तक कि एक से अधिक व्यक्ति उसे बलपूर्वक पकड़े न हो या उसकी सहमति उन परिस्थितियों में दूषित कर दी गई है, जिनका उल्लेख धारा 375 भा.दं.सं. में किया गया है।

—क्या किसी सामान्य स्वस्थ स्त्री के साथ नींद में कोई पुरुष यौन मैथुन कर सकता है?

उत्तर—सैद्धांतिक रूप से लिंग को थोड़ा सा अंदर डाला जा सकता है, पर पूर्ण रूप से अंदर घुसाना बिना औरत के नींद से जागे असंभव है। यह तभी संभव है, जबकि स्त्री पूर्ण रूप से शराब या नशीले पदार्थ के प्रभाव में हो कि उसे अपनी योनि में पुरुष के कठोर लिंग के अंदर जाने पर पता न चले अथवा उसकी योनि लगातार प्रसव के कारण इतना ज्यादा फैल गई हो कि बच्चे के सिर की तुलना में कठोर लिंग नगण्य प्रतीत होते हों।

—क्या एक बाजारू सेक्स वर्कर भी बलात्कार की शिकार हो सकती है?

उत्तर—जरूर यहाँ पर स्त्री का चरित्र या पहनावा कोई मायने नहीं रखता है। महत्त्वपूर्ण बात यह है कि प्रत्येक स्त्री का अलंघनीय (invitable) अधिकार है अपनी अस्मिता की रक्षा करना तथा वह अपने शरीर के साथ क्या करना चाहती है या क्या कराना चाहती है इसे तय करना।

13. क्या बलात्कार के अपराध से जुड़े हुए और भी कानून हैं?

उत्तर—भारतीय दंड संहिता के अन्य अनुच्छेद, जो प्राकृतिक भिन्न लिंगी यौन संबंध, जिसे बलात्कार की संज्ञा नहीं दी जा सकती है, को गैर-कानूनी ठहराती हैं वे हैं—

(क) धारा 376ए—किसी पुरुष का अपनी पत्नी के साथ सहवास यदि पत्नी ने तलाक के लिए अरजी दी हो या उसे तलाक मिल गया हो।

(ख) धारा 376बी, सी एवं डी—किसी पुलिस कर्मचारी द्वारा थाने के अंदर अथवा अस्पताल में या किसी संस्थान में उसके किसी सदस्य के द्वारा किसी वैसी औरत के साथ जो उस संस्थान के संरक्षण, देखभाल या नौकरी में हो। कथित बलात्कार के मामले में मुकदमे चलाने के तरीके फौजदारी दंड संहिता धारा 327(2) से संबंधित

बातें : भारतीय दं.सं. की धारा 376–ए, 376–बी, 376–सी, 376–डी के अंतर्गत अपराध या बलात्कार के मुकदमे की पूछताछ बंद कमरे में की जाएगी।

327(3) जहाँ उक्त धारा (2) के अंदर मुकदमा चल रहा हो, उसकी काररवाई का कोई अंश बिना अदालत की पूर्व–अनुमति के किसी भी अंश को प्रकाशित करना गैर–कानूनी माना जाएगा।

(ग) 114–ए भारतीय साक्ष्य नियम : बलात्कार के कुछ विशेष अभियोजन में सहमति मानने के सवाल पर बलात्कार के अभियोजन जो वाक्यांश (1) या वाक्यांश (2) अथवा वाक्यांश भा.दं.सं. की धारा 376 के उपधारा–2 के तहत (3) या वाक्यांश (4) या वाक्यांश (5) (संस्थागत या संरक्षित बलात्कार) या वाक्यांश (6) सामूहिक बलात्कार, जहाँ आरोपी पर यौन संबंध सिद्ध हो जाता है और प्रश्न है महिला की सहमति के बिना उसका बलात्कार किया गया और वह अदालत के सामने अपनी गवाही में कहती है कि उसने सहमति नहीं दी थी, अदालत यह मानकर चलेगी कि उसने सहमति नहीं दी थी।

14. क्या बलात्कार के आरोप की शिकार की चिकित्सकीय विधि-विधान जाँच में सामान्य शारीरिक परीक्षण, जननांगों की जाँच, रेडियो-लॉजिकल जाँच तथा इकट्ठा किए गए साक्ष्य पदार्थों की जाँच के अतिरिक्त भी कोई जाँच कराना पड़ता है ?

उत्तर—हमेशा ऐसा नहीं होता है, परंतु यदि शिकार ने मुख–मैथुन या गुदा मैथुन का आरोप लगाया है या उसकी संभावना नजर आती हो, तब उन दोनों छिद्रों की भी जाँच की जाती है और जरूरत के पदार्थ प्रमाण के लिए इकट्ठा किए जाते हैं।

• दो समलैंगिक पुरुषों के बीच लिंग और गुदा यौन संबंध को समलैंगिक व्याभिचार कहते हैं।

15. समलैंगिक व्याभिचार (पुरुष) क्या है ?

उत्तर—सोडोमी शब्द का इतिहास है कि बाइबिलिकन शहर सोडोम में इसी तरह का अप्राकृतिक यौन संबंध का प्रचलन सामान्य था। परंतु ईश्वर को यह क्रिया घृणित लगी इसलिए उन्होंने उस शहर का विनाश कर दिया।

इस संबंध में सक्रिय भूमिका निभानेवाले व्यक्ति को सक्रिय एजेंट कहते हैं, जबकि उसके सहयोगी को निष्क्रिय एजेंट कहते हैं। निष्क्रिय एजेंट सहमत अथवा असहमत, दोनों हो सकते हैं। बच्चे या कम उम्र के लड़कों को निष्क्रिय एजेंट की तरह इस्तेमाल किया जाता है।

16. किसी आदतन सक्रिय एजेंट को कैसे पहचाना जा सकता है ?

उत्तर—यह लगभग असंभव है।

17. किसी बलात्कार की पीड़ित किसी महिला के मलद्वार में भी लिंग घुसाया गया है या नहीं उसकी पुष्टि कैसे होती है ?

उत्तर—इसका पता चलाने के लिए पीड़िता को घुटने और कोहनी के बल पर लिटा दिया जाता है। गुदा मैथुन के अनभ्यस्त व्यक्ति के शरीर पर नीचे लिखे चिह्न स्थानीय रूप से मिल सकते हैं या नहीं भी मिल सकते हैं—

(1) बाइलैटेरल ऋणात्मक ट्रैक्शन टेस्ट—जब दोनों अँगूठों को मलद्वार के दोनों ओर रखकर दोनों हाथों से दोनों चूतड़ों को पकड़कर अलग करने का प्रयास किया जाता है तो परीक्षण के दौरान दर्द होना तथा एनल स्फिंक्टर के सिकुड़ने में प्रतिरोध महसूस होता है।

(2) मलद्वार के आसपास चिकनाई का चुपड़ा होना।

(3) मलद्वार के पास दूसरे व्यक्ति का टूटा प्यूबिक हेयर मिलना।

(4) मलद्वार के करीब खरोंच का निशान।

(5) मलद्वार के करीब गूमड़ होना।

(6) 4–5 का विस्तार एनल कनाल में होना, बाह्य एनल स्फिंक्टर से आगे।

(7) मलद्वार पर ताजे खरोंच।

(8) मलद्वार से रक्त-स्राव।

(9) ताजे/सूखे वीर्य मलद्वार में या एनल कनाल में।

(10) गुदा का परीक्षण जब बहुत कष्टदायक हो।

18. लौंडेबाजी के निष्क्रिय एजेंट को कैसे पहचाना जाता है?

उत्तर—इसके लिए भी व्यक्ति को घुटने और कोहनी के बल लिटा देते हैं। इन परिस्थितियों में निम्नलिखित स्थानीय प्रमाण मिल भी सकते हैं अथवा नहीं भी।

—जब नितंब को उपर्युक्त विधि से अलग किया जाता है, तो एनल स्फिंक्टर में कोई प्रतिरोध नहीं मिलता है—इसे सकारात्मक बाइलैटरल ट्रैक्शन टेस्ट कहते हैं।

—मलद्वार के आसपास काफी साफ सफाई का होना।

—पेरिएनल वसा का नहीं होना, जिससे वहाँ पर शंकुकार गहराई हो जाना।

—मलद्वार के पास चिकने पदार्थ का मिलना।

—मलद्वार के पास बाहरी टूटा प्यूबिक बाल मिलना।

—मलद्वार के पास कोई खरोंच गूमड़ या रक्तस्राव नहीं होना।

—कॉन्डाइलोमटा एलूमिनाटा (फूलगोभी की तरह का मस्सा) का होना।

—सूखे/ताजे वीर्य का मलद्वार के पास या गुदा में उपस्थित होना।

—सूखे हुए मलद्वार के साइनस बनने के साथ या बिना बने।

—एनल स्फिंक्टर शिथिल हो और गुदा की परीक्षा करने पर दो उँगलियाँ आराम से अंदर जा सकती हैं—मलद्वार की सिकुड़न का अनुपस्थित होना।

19. गुदा और लिंग के मैथुन के आरोपी के पास से क्या-क्या प्रमाण प्राप्त किया जाना चाहिए ?

उत्तर—अभ्यस्त अथवा अनअभ्यस्त निष्क्रिय एजेंट दोनों के परीक्षण के समय लिए जाने वाले सबूतों का मिलान सूची है

—पेरिएनल स्वाब

(क) रसायनिक परीक्षण कर यह जाना जा सके कि क्या वहाँ चिकनाई है? और यदि है तो कौन सी है?

(ख) रासायनिक/हिस्टोकेमिकल/सूक्ष्मदर्शी से परीक्षण—ताकि वीर्य-शुक्राणु का पता चल सके और यदि शुक्राणु है तो क्या वे गतिशील भी हैं।

(ग) रक्त के धब्बों की प्रामाणिकता के लिए स्क्रीनिंग टेस्ट के पश्चात् की पहचान के लिए जाँच ग्रुपिंग इत्यादि।

—मलद्वार के स्वाब तथा धोवन को रासायनिक/हिस्टोकेमिकल/सूक्ष्मदर्शी परीक्षण तथा शुक्राणु/गतिशील शुक्राणु (यदि मौजूद हो तो) की पहचान।

—रक्त के परीक्षण जैसा कि 8 ए, बी, सी में वर्णित है।

ऊपर लिखे सभी चीजों को संरक्षित किया जाता है तथा पेज 4 पर लिखे तरीके से जाँच के लिए भेज दिया जाता है।

20. मुख-मैथुन क्या है ?

उत्तर—मुख-मैथुन की परिभाषा है—मुख तथा लिंग का मैथुन अथवा मुख एवं योनि का मैथुन/यद्यपि सभी प्रकार के अप्राकृतिक यौन संबंध भा.दं.सं. की धारा 377 के अंतर्गत यौन अपराध की श्रेणी में आता है तथा सामाजिक एवं धार्मिक रीति-रिवाजों क़े द्वारा भी इनकी मनाही है। मुख-मैथुन मनोवैज्ञानिकों एवं मनोचिकित्सकों द्वारा सहमत वयस्कों के बीच प्राकृतिक यौन क्रीड़ा की शुरुआत के रूप में माना जाता है।

21. मुख-मैथुन को कैसे प्रमाणित किया जा सकता है ?

उत्तर—मुख-मैथुन को सामान्यतः प्रमाणित करना असंभव है। चूँकि यह कार्य गुप्त रूप से और आपसी सहमति के बाद होता है। अतः चिकित्सकीय प्रमाण मिलना लगभग असंभव है। यदि आरोपियों को उस क्रिया के दौरान भी पकड़ लिया जाता है तो मुख और लिंग के यौन क्रीड़ा के समय लिंग पर घाव पाना या ताजा या सूखा लार लिंग के ऊपर से प्राप्त कर उसका संबंध आरोपित व्यक्ति के रक्त ग्रुप या डी.एन.ए. प्रोफाइल से मिलाना पड़ता है।

22. स्त्री समलैंगिक कामुकता (लेस्बियनिज्म) क्या है ?

उत्तर—स्त्रियों की समलैंगिक कामुकता का शारीरिक प्रदर्शन को लेस्बियनिज्म कहते हैं। शारीरिक अभिव्यक्ति चूमने से लेकर मुख-मैथुन तक हो सकता है तथा उसकी चरम सीमा पर योनि में कृत्रिम लिंग के घुसाने तक हो सकता है।

23. क्या स्त्री समलिंगी कामुकता का कोई क्लिनिकल निशान मिलता है ?

उत्तर—सामान्य स्त्री एवं लेस्बियन स्त्री की शारीरिक बनावट, हड्डियों में जननांगों या गुणसूत्रों में फर्क नहीं होता है। परंतु पुरुष साथी के पहनावे, केश-विन्यास, स्वभाव एवं बोलने का तरीका पुरुष प्रधान होता है। मुख-मैथुन की स्त्री समलिंगी कामुकता अधिकतर सहमति से तथा गुप्त रूप से होती है। अतः इसकी शिकायत शायद ही होती है और यह चिकित्सक या कानूनी लोगों की निगाह में तभी ही आता है, जब इसके परिणाम भयानक तथा घातक नजर आते हैं, क्योंकि सोडोमी की तरह इसके साथ भी परपीड़क कामुकता की क्रियाएँ होती हैं।

24. परपीड़क/स्वपीड़क यौन क्रियाएँ क्या हैं ?

उत्तर—परपीड़ा एवं स्वपीड़ा विकृत यौन क्रीड़ा के दो छोर हैं। इसमें

व्यक्ति दूसरे को शारीरिक पीड़ा पहुँचाकर या अपमानित कर आनंद प्राप्त करता है अथवा दूसरे के द्वारा स्वयं पीड़ित होकर या अपमानित होकर कामुक आनंद प्राप्त करता है।

25. क्या यौन विकृत तथा यौन डेबीएशन एक ही चीज है?

उत्तर—नहीं ऐसा नहीं है, परंतु दोनों शब्द एक-दूसरे के पर्याय के रूप में प्रयुक्त होते हैं। इसे इस तरह समझा जा सकता है, चूँकि दोनों में कई समानताएँ हैं, जैसे कि बेतुकी मायावी कल्पताएँ, मैथुन की आदतें, बारंबार उन क्रियाओं को दोहराना इत्यादि, परंतु दोनों के शब्दार्थ अलग-अलग हैं। यौन डेबीएशन (विसामान्यता) का अर्थ समाज में प्रचलित संस्कृति की प्रचलित क्रियाओं से होकर किया हुआ यौन क्रीड़ा है, जबकि यौन विकृति का अर्थ मनोवैज्ञानिक तथा यौन संबंधी विकास में असामान्यता के कारण सामान्य यौन क्रीड़ा में कोई अभिरुचि नहीं होना है।

26. सामान्य रूप से पाई जानेवाली कौन-कौन सी यौन विसामान्यताएँ हैं, जो किसी प्रसूति एवं स्त्री-रोग विशेषज्ञ को मिल सकती है?

उत्तर—ये निम्नलिखित हैं—

(1) प्रतिजातीय वस्त्र पहनना या पहनाना।

(2) बच्चों के साथ समलिंगी या विपरीत लिंगी यौन क्रीड़ा करना।

27. क्या ये दोनों यौन विकृतियाँ कानून द्वारा दंडनीय हैं?

उत्तर—प्रतिजातीय वस्त्र पहनना अपने आप में दंडनीय नहीं है, विशेषत: हमारे देश में जहाँ हिजड़े और जनाने दिखते हैं, और नाटकों में भी स्त्रियों की भूमिका पुरुषों द्वारा की जाती है। परंतु दूसरी तरफ बाल यौन शोषण/क्रीड़ा जो कि पहले से ही भा.दं.सं. की धारा 375 के अंतर्गत दंडनीय अपराध है, उसने देश के कुछ भागों में इतना बड़ा रूप ले लिया है कि उन भागों में उसके खिलाफ विशेष कानून बने हैं, जैसे गोवा के

कानून का बच्चों की धारा 2004। वहाँ चिकित्सा संस्थानों में विशेष प्रकोष्ठ बने हैं, जिनसे बच्चों को यौन शोषण के खिलाफ विभिन्न चरणों में सुरक्षा प्रदान की जाती है।

28. ऊपर की सभी जानकारियाँ शारीरिक यौन-दुरुपयोग से संबंधित हैं, परंतु दूसरे प्रकार के यौन-दुरुपयोग जो इसकी परिभाषा के अंतर्गत आते हैं उनके विषय में क्या होगा?

उत्तर—वस्तुतः वास्तविक या संदिग्ध यौन-दुरुपयोग के केस में मौखिक, दृश्व्य या मनोवैज्ञानिक दुरुपयोग भी महत्त्वपूर्ण है, परंतु यह प्रसूति एवं स्त्री रोग विशेषज्ञ के क्षेत्र में नहीं आता है। इस तरह के मूल्यांकन को मनोवैज्ञानिक या मनोचिकित्सक के लिए छोड़ देना चाहिए।

गर्भावस्था से संबंधित अकसर पूछे जाने वाले प्रश्न

1. मैं अपने गर्भधारण का पता कितनी जल्दी मूत्र परीक्षण से लगा सकती हूँ?

उत्तर—गर्भाधान का पता जल्दी-से-जल्दी पहली बार मासिक के नहीं आने के दूसरे दिन, जो कि अंतिम मासिक के 31-32 वें दिन होता है, पता चल सकता है। एलाइजा परीक्षण तरीके से वह अंतिम मासिक के 27-28 वें दिन भी पता चल सकता है।

2. क्या मूत्र परीक्षण का परिणाम गलत भी हो सकता है?

उत्तर—अधिकांशतः वह सही होता है। परंतु जब गर्भवती महिला के एच.सी.जी. हारमोन की मात्रा परीक्षण के सूक्ष्मग्राहिता की मात्रा से कम होता है, जो कि देर से गर्भाधान या अस्वस्थ गर्भाधान या मूत्र के बहुत अधिक पतला होने के कारण होता है, तब यह झूठा नकारात्मक होता है। कभी-कभी यह झूठा सकारात्मक भी हो सकता है, जब गर्भाधान के बिना भी एच.सी.जी. की मात्रा उपस्थित रहती है, जैसे कि ट्रोफोब्लास्टिक बीमारियों में।

3. गर्भाधान के शुरू के समय में उल्टियाँ क्यों होती हैं ?

उत्तर—इसे साधारणतः मॉर्निंग सिकनेस कहते हैं। शरीर में गोनाडोट्रोपिंस अंत:स्राावियों की मात्रा शुरू के दिनों में जल्दी-जल्दी बढ़ने के कारण उल्टियाँ होती हैं। गर्भाधान के 3-4 महीने बाद इस अंत:स्राावी की मात्रा घट जाती है तब भूख में वृद्धि होती है।

4. क्या गर्भावस्था में मनोदशा परिवर्तन होना सामान्य हैं ? मैं छोटी-छोटी बातों पर रोना चाहती हूँ। पहले मैं बहुत सक्रिय रचनात्मक और हँसमुख हुआ करती थी, परंतु अभी गर्भावस्था के दूसरे ही महीने में मैं बहुत थकी-थकी, उनींदी, चिड़चिड़ी एवं अवसादग्रस्त रहती हूँ, क्यों ?

उत्तर—गर्भावस्था के दौरान होनेवाले हारमोनल बदलाव के कारण ये सभी बदलाव बहुत सामान्य हैं। अनेक स्त्रियाँ इस दौरान अवसादग्रस्त रहती हैं। उनकी मनोदशा में बदलाव आता रहता है। आपको अपने नजदीकी व्यक्तियों से अपनी अनुभूतियों को बताना चाहिए, ताकि वे आपको गलत नहीं समझे। यह एक अस्थायी परिवर्तन है जो समय के साथ चला जाएगा।

5. मुझे कब्जियत की शिकायत थी जो अब और अधिक हो गई है।

उत्तर—गर्भावस्था में प्रोजेस्ट्रोन हारमोन के कारण अंतड़ियाँ शिथिल हो जाती हैं और भोजन के पचने की गति धीमी रहती है। कभी-कभी आयरन की गोलियाँ खाने के कारण भी कब्जियत बढ़ जाती है। पूरे दिन में कभी भी गुनगुने पानी में एक बूँद घी खाना इसका घरेलू उपचार है। सलाद और सूखे अंजीर भी भोजन में प्रयोग करने से कब्जियत में कमी आती है।

6. गर्भावस्था में पाँवों में ऐंठन क्यों होती है ?

उत्तर—गर्भावस्था के दौरान पैरों की मांसपेशियों में अचानक ही ऐंठन

हो जाती है, जो काफी कष्टदायक भी होती है। यह साधारणतः गर्भावस्था के अंतिम महीनों में होता है। खून का धीमी गति से परिचालन, कैल्शियम की कमी तथा विटामिन बी और ई की कमी से यह ऐंठन शुरू होती है।

जब ऐंठन शुरू हो तो उस जगह की मालिश करने से आराम मिलता है। अँगूठों को चेहरे की तरफ मोड़ना चाहिए। दूसरा आदमी एक हाथ से पैर के दर्दवाले स्थान को सहारा देता है और दूसरे हाथ से पैर के अँगूठों को चेहरे की तरफ मोड़ने में सहायता करता है। गरम पानी की सेंक से भी आराम मिलता है।

शरीर में कैल्शियम की जरूरत पूरी करने के लिए दूध से बनी सामग्री को अधिक मात्रा में खाना चाहिए। पनीर, दूध, दही, छेना, मूली, शलजम, फूलगोभी, मेथी, धनिया, पुदीना और सभी प्रकार की हरी सब्जियाँ खानी चाहिए।

रक्त-परिचालन में वृद्धि करने के लिए व्यायाम करने से भी ऐंठन में कमी आती है।

7. मेरी पहली गर्भावस्था बहुत कठिन और कई जटिलताओं से भरी हुई थी। मैं फिर से गर्भवती हूँ और बहुत घबराई हुई हूँ।

उत्तर—यह जरूरी नहीं है कि पहला गर्भकाल जटिल हो तो दूसरा गर्भ भी जटिल हो। अधिकतर महिलाओं में जब पहला गर्भकाल जटिल होता है तो दूसरा गर्भावस्था सरल हो जाता है। यदि जटिलता सिर्फ एक बार हुई हो जैसे कि संक्रमण या कोई दुर्घटना जिसके कारण जटिलता उत्पन्न हुई हो, तो उसके दुबारा होने की संभावना कम होती है। जीवनशैली की उन आदतों के कारण होनेवाली जटिलताएँ, जिन्हें आप अब छोड़ चुकी हैं, भी दुबारा नहीं होती हैं।

परंतु यदि जटिलताएँ किसी पहले की बीमारी, जैसे—डाइबिटीज या उच्च रक्तचाप के कारण हो तो गर्भधारण के पहले या गर्भधारण के शुरू के कुछ महीनों में उनके नियंत्रण से उन जटिलताओं के फिर से होने का खतरा कम हो जाता है।

8. मेरे पहले बच्चे में मेरी गर्भावस्था एवं प्रसव बहुत कष्टदायक रहा। 42 घंटों के प्रसव के दौरान 5 घंटों में जोर से धकेलना मेरे लिए सदमे (आघात) के समान रहा। मुझे खुशी है कि मैं फिर से गर्भवती हूँ, पर अपने पहले प्रसव को याद करके मैं आशंकित हो जाती हूँ।

उत्तर—दूसरा और उसके बाद का प्रसव (कुछेक अपवादों को छोड़कर, जिनमें बच्चे की स्थिति असामान्य हो अथवा जटिलता हो), सर्वदा पहले की अपेक्षा सरल होते हैं। बच्चेदानी अनुभवी हो जाता है और योनि का फैलाव भी अधिक हो जाता है। प्रसव के सभी चरण छोटे होते हैं और अंतिम चरण में धक्का कम देना पड़ता है।

9. मेरे पहले बच्चे का जन्म सिजेरियन से हुआ था। मैं अभी फिर से गर्भवती हूँ और मैं यह जानना चाहती हूँ कि मेरे लिए सामान्य प्रसव की संभावना कितनी है?

उत्तर—पहले यह उक्ति थी कि यदि एक बार सिजेरियन हो गया तो हमेशा ही प्रसव सिजेरियन से ही होगा, परंतु अब ऐसा नहीं होता है। दोबारा सिजेरियन ही होगा ऐसा नियम अब नहीं है। बहुत सारी परिस्थितियों में सिजेरियन के बाद सामान्य प्रसव का प्रयास किया जा सकता है।

आपको सिजेरियन के बाद सामान्य प्रसव का अवसर मिलेगा या नहीं यह निर्भर करता है कि पहले ऑपरेशन से आपके गर्भाशय में किस तरह का चीरा लगा है और किस कारण से ऑपरेशन किया गया था। गर्भाशय का चीरा पेट के ऊपर चमड़े के चीरे से भिन्न होता है।

आजकल महिलाओं में गर्भाशय के निचले भाग में चीरा लगता है, इसीलिए सामान्य प्रसव की संभावना अधिक होती है।

10. अभी हाल में मैंने जाना कि मेरी माँ और मेरी एक मौसी को प्रसव के थोड़ी देर बाद उनके बच्चे की मृत्यु हो गई थी। कोई नहीं

जान पाया कि ऐसा क्यों हुआ ? क्या मेरे साथ भी ऐसा हो सकता है ?

उत्तर—एक जैसी परिस्थितियों में दोनों बच्चों की मृत्यु एक संयोग भी हो सकता है। पर इस स्थिति में आनुवंशिक परामर्शी (जेनेटिक काउंसलर) या मैटरनल फीटल सब स्पेशलिस्ट से मिलकर सुझाव लेना चाहिए। आपका डॉक्टर किसी एक का नाम सुझा सकता है। कोई भी दंपती, जिन्हें अपने वंश के आनुवंशिक दोषों की जानकारी नहीं है, उन्हें अपने बुजुर्गों से पूछने पर उसके बारे में जानकारी प्राप्त कर सकते हैं। आज बहुत सी आनुवंशिक दोषों की जानकारी प्रसव पूर्व जाँच से मिल सकती है, इसीलिए यदि उन दोषों का पता चल जाए तो उनका निवारण दोषों के होने के पहले अथवा दोषों का इलाज उनसे ग्रसित होने के बाद किया जा सकता है।

11. आप चिंतित हैं कि आपको निम्न कारणों के संपर्क का खतरा है—

उत्तर—(क) माइक्रोवेव

अपुष्ट खबरों के अनुसार इससे बच्चे की आँखों में खराबी आ जाती है। जब माइक्रोवेव ओवन चल रहा हो तो आप उसके सामने खड़े न रहें और यह भी जाँच कर लें कि यह रिस तो नहीं रहा है।

(ख) एक्सरे

साधारणतः यह परामर्श दिया जाता है कि एक्सरे प्रसव के बाद कराया जाए। आप गर्भवती हैं यह अपने डॉक्टरों (दंतचिकित्सक एवं पारिवारिक चिकित्सक) को सूचित कर देना चाहिए, ताकि वे एक्सरे कराने से होनेवाले कुप्रभावों और उससे होनेवाले फायदों का सही आकलन कर सकें और यदि परीक्षण जरूरी हो तो कोई दूसरा अधिक सुरक्षित जाँच चुनें।

(ग) घरेलू साफ-सफाई की वस्तुएँ

जिन सामानों पर 'जहरीला' की मुहर लगी हो उसे सावधानी से

इस्तेमाल करना चाहिए। कोई पदार्थ, जिसमें खूब धुआँ अथवा महक अथवा ब्लीच हो उसे इस्तेमाल नहीं करना चाहिए, क्योंकि इनके श्वास से अंदर जाने से होगी यह क्षति प्रमाणित नहीं है।

(घ) लीड

जन्म के समय लघु जन्मजात विकृति तथा बच्चों का आई क्यू (बुद्धिमत्ता) कम होने का कारण आजकल गर्भस्थ शिशु के लीड से उद्भासित होना माना जाने लगा है। पर इसके कुप्रभावों को पूरी तौर पर प्रमाणित करने के लिए और अधिक अनुसंधानों की जरूरत है।

(ङ) वीडियो प्रदर्शन उपकरण

कई गर्भवती महिलाएँ कंप्यूटर डेस्क पर रहने के कारण वी.डी.यू. से होने वाले विकिरणों के कुप्रभाव और एबॉर्शन के खतरे को लेकर चिंतित रहती हैं। इन दोनों के प्रयोग से होनेवाले खतरे का कोई सीधा संबंध नहीं है और इसकी संभावना काफी कम है कि इन दोषों का कारण वीडियो प्रदर्शन उपकरण है।

□

लेखकगणों की सूची

डॉ. चिखल प्रीति

एम.डी., डी.एन.बी., एफ.सी.पी.एस., डी.जी.ओ., व्याख्याता,
विभागाध्यक्ष, प्रसूति विज्ञान एवं स्त्री रोग विभाग,
टी.एन. मेडिकल कॉलेज एवं नायर अस्पताल

डॉ. धावले हिमांगी

प्रोफेसर एवं विभागाध्यक्ष, मनोरोग चिकित्सा विभाग,
टी.एन. मेडिकल कॉलेज एवं नायर अस्पताल

डॉ. घिल्डियाल राधा

प्रोफेसर, बाल रोग विभाग,
टी.एन. मेडिकल कॉलेज एवं नायर अस्पताल

डॉ. लुल्ला राखी

एम.बी.बी.एस., डी.जी.ओ., सीनियर रेजीडेंडट,
प्रसूति विज्ञान एवं स्त्री रोग विभाग,
टी.एन. मेडिकल कॉलेज एवं नायर अस्पताल

डॉ. पुरंदरे अमिया

एम.डी., डी.एन.बी.ई., एफ.सी.पी.एस., डी.जी.ओ., डी.एफ.पी.,
एफ.आई.सी.एम.सी.एच.,
एम.एन.ए.एम.एस., एम.आई.सी.ओ.जी., व्याख्याता,
प्रसूति विज्ञान एवं स्त्री रोग विभाग,
टी.एन. मेडिकल कॉलेज एवं नायर अस्पताल

डॉ. शाहदुरु
एम.डी., एफ.सी.पी.एस., एफ.आई.सी.एस.,
एफ.आई.सी.ओ.जी., डी.जी.ओ., डी.एफ.ई., मानद प्रोफेसर,
प्रसूति रोग विज्ञान एवं स्त्री रोग विभाग,
ग्रांट मेडिकल कॉलेज, मानद प्रोफेसर,
प्रसूति रोग विज्ञान एवं स्त्री रोग विभाग,
सर हरकिशनदास नरोत्तमदास अस्पताल, ब्रीच कैंडी अस्पताल,
जसलोक अस्पतालएवं अनुसंधान केंद्र

डॉ. ठाकरे कविता
एम.बी.बी.एस., डी.जी.ओ., कुलसचिव,
प्रसूति रोग विज्ञान एवं स्त्री रोग विभाग,
टी.एन. मेडिकल कॉलेज एवं नायर अस्पताल

डॉ. वाज वॉल्टर
प्रोफेसर एवं विभागाध्यक्ष, फोरेंसिक मेडिसिन,
टी.एन. मेडिकल कॉलेज एवं नायर अस्पताल

डॉ. वाणी रीना
एम.डी., एम.आर.सी.ओ.जी., डी.एन.बी.ई.,
एफ.सी.पी.एस., डी.जी.ओ., डी.एफ.ई., एसोसिएट प्रोफेसर,
प्रसूति रोग विज्ञान एवं स्त्री रोग विज्ञानविभाग,
टी.एन. मेडिकल कॉलेज एवं नायर अस्पताल

डॉ. वत्स महिंद्रा
अध्यक्ष, एफ.पी.ए.आई.—भारतीय परिवार नियोजन संघ

डॉ. नीति देसाई
एम.एस.सी., एस.आर.डी. (यूके),
न्यूट्रनिस्ट एवं डाइटीशियन सलाहकार,
कुंबल्ला हिल हॉस्पीटल

□□□